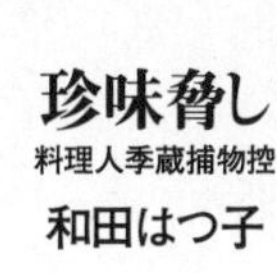

珍味脅し

料理人季蔵捕物控

和田はつ子

角川春樹事務所

目次

第一話　いちご鯨汁

一

江戸の冬は厳しい。霜が降り、木枯らしが吹いて、いつしか雪に変わっていた。雪が溶けかけた頃、また降ってきて江戸の町は空から無垢な白い被いを掛けられたかのように見える。毎年、雪見船や雪見茶屋を愛でる江戸っ子にとって、雪は風流の一つではあったが、溶ける間もないとなると、そもそも雪道は不便であり、外気は昼間でも冷たかった。それでこのところ、誰もが挨拶代わりに、「今日もまた、また、雪のようですね」と、やや恨めしげに雪空を見上げている。

日本橋は木原店にある一膳飯屋塩梅屋の主季蔵は、水が温むまでに限った昼賄いを続けていた。普段、塩梅屋が暖簾を掛けるのは暮れ六ツ（午後六時頃）過ぎなのであったが、厳しい寒さが続く中、暮らしの糧を得るために働く人たちに、安くて滋養があって身体の温まる昼餉をと始めたのである。

「塩梅屋の団子汁、たいした人気だよね」

下働きを務めている三吉が満足げに言った。団子と言っても米粉を用いた餅菓子ではなく、主に魚介を叩いて丸めて汁にするつみれ汁に似たものであった。不思議にもこの団子汁、どんな魚介を使っても美味いと評判であった。

品書きはその日の団子汁と塩だけで握った大きな握り飯である。

このところ、季蔵はまだ外が暗いうちから店に出ていた。

「おはようございまーす」

勢いよく三吉が塩梅屋の戸口を開けた。朝寝坊のはずの三吉も季蔵に倣って朝が早かった。

「ところで今日の団子は何だろうね？」

三吉は戸口の方を窺った。そろそろ知り合いの漁師の一人が朝一番に水揚げした魚を届けに来る頃であった。この魚が団子の元になる。塩梅屋と漁師たちの売買の取り決めは、漁で獲った魚のうち、大漁が過ぎて売れ残る魚を安値で分けて貰うというものである。安値と言っても買い叩くのではなく、一定の額は決めてある。何がどれだけ獲れるかは日によって違うので、塩梅屋がそう安くない烏賊を大量に仕入れる羽目になることもあり、

「言いたかないけど、今日、団子にした鰯さあ、棒手振りの売り値より高かったよお」

などと三吉が口を尖らすこともあったが、

「まあ、そう言うな。この間は思いがけず高級魚の甘鯛を団子にできてお客さんたちにたいそう喜ばれたじゃないか。この取り決めのおかげで塩梅屋は安い昼賄いを続けられるん

だし、向こうは確実な売れ高を見込める。持ちつ持たれつだよ」

季蔵は窘めた。

「それにしても、昨日は凄かったね。得したなんてもんじゃない。おいら、ほんとは漁師さんたち、季蔵さんが仕入れの魚の種類に文句言わないのにつけ込んで、わざと安いのばっかり持ってくるんじゃないかって、疑ってたけど、そうじゃあなかったんだね。そんな風に相手を見てたのが恥ずかしいよ」

三吉は知らずと頭を垂れている。

昨日の今時分、三吉の目を瞠らせたのは大量の車海老であった。いつものように漁師は特大の魚籠を逆さにして、塩梅屋の魚専用の大きな目笊にあけた。

ヒゲが長くて立派な車海老が大盛りになっている。獲れたての車海老は大盛りの山の中でまだごそごそと動いていて、中でも活きのいいものが一尾、二尾ぴょんと跳ねた。ちなみに車海老と称されるのは、腹を丸めた時に、しま模様が丸い車輪のように見えるからであった。

「わあぁ」

三吉は感嘆した。茹でたり、蒸したりすると慶事には欠かせない紅色に変わる車海老は、姿よし、色よしで人気がある。

「こんなこと滅多にないよね、きっと海の神様の有り難いおはからいだ」

三吉はそこまで言って思いきりはしゃぎもした。

車海老の団子汁には昆布出汁を使った。鰹節からとった濃厚な出汁では車海老団子の繊細な風味が負けてしまうからであった。まずはこの昆布出汁で短冊に切った大根や人参、牛蒡、薄切りにした蓮根等を煮る。車海老は当り鉢で粗い擂り身にして、微塵切りの葱と下ろした生姜、小麦粉と溶き卵少々を加えて団子にまとめる。根菜に火が通り、汁が煮立ったところで、車海老団子を入れる準備が整う。

「凄かったよ、昨日、それにおいら怖かった」

三吉は戸口から目を離さずに昨日の騒ぎを思い出していた。

「刃叩きの加減に気をつけろ」

丹念に叩いて練り物のようになってしまうと食味が台無しになってしまう。粗めに叩くからこそ、つぶつぶが残って、何とも言えないぷりぷりした歯触りを楽しめるのである。

「わかってるって」

三吉は一瞬ぷっと頬を膨らませた。仕事がそこそこ出来るようになってきて、たとえ相手が季蔵でも、あれやこれや言われるのが鬱陶しくなってきている。

――あっ、でも、こりゃいけない――

慢心禁物と季蔵に釘を刺されたことを思い出した三吉は、

「団子にする海老って、やっぱりこの車海老が一番なのかな?」

早速季蔵に教えを乞う言葉を口にした。

「芝海老の方が味に深みがあるのだが、赤い色は車海老でないと出ない。昼に振る舞う塩梅屋の海老団子汁は、色を愛でるわけではないから、色にこだわらなくてもよいのだが」

応えた季蔵は三吉が叩いた車海老に少量の葛粉を加えると、親指の先ほどに小さく丸め、団子汁用に仕立てた大鍋に入れた。煮上がっている根菜だけの汁に、車海老団子の赤が寒さの厳しい冬の灯のように温かく映える。

「やっぱり、海老団子汁は赤いのがいいよ。続く寒さにうんざりしていた心が、ぱっと明るくなるもん。うちは日によって魚介団子の中身、わかんないから仕様がないんだけど、今日は海老団子汁だってわかったら、並んでたのに食えなかった人たち、地団駄踏んで悔しがるだろうな、きっと」

三吉は火が通り、浮き上がってきている海老団子を愛おしそうに見つめた。

そして、その日の団子汁が車海老だと知ると、順番を守って並んでいたにもかかわらず、食べ損ねてしまった客たちは、

「その日になんなきゃ、わかんねえってえのは本当かい？」

「一人で二椀も手にしてた奴、いたよ」

「これからは一人一椀にしてもれえてえな」

「こちとら、長いこと並んでいても食えないと、何だか海老の縁起を逃しちまった気がするぜ」

なかなか手厳しかった。

季蔵は三吉ともども平身低頭で謝った。

「すみません、この通りです」

「知ってるぜ、きっと夜は昼のネタで酒に合う肴が出るんだろう？　とすると今夜は俺が昼に食い損ねた海老を出すんだろ？　夜来るから是非とも食べさせてくれねえか？」

「正直、雪ばかりでくさくさしてんだよ、一膳飯屋だって夜が昼よか高いことはわかってる。けど、こういう時はぱーっと美味いもんに銭を叩くに限るんだ。初めてだが夜に寄せてもらっていいかい？」

海老団子に執着する客たちに、

「申しわけございません。海老団子汁は皆様に好まれると承知しておりましたので、夜の分には残しませんでした。車海老は全て海老団子汁に使ってしまったのです。いつとは申せませんが、この次をお待ちください」

季蔵は頭を上げずに詫びた。苦しい方便だった。

昼が駄目ならば夜でと迫る客が多数、手狭な塩梅屋には入りきれないほどその場にいたからであった。

「それじゃ、まあ仕方ねえか」

「今度はさ、朝、昼が海老団子汁だとわかったら、俺んとこにすぐに報せてほしいな」

自分の名を染めた手拭いを渡そうとする者までいた。

「それは困ります」

もちろん季蔵は受け取らなかった。

この手の苦情への対応が二刻（約四時間）は続いた。それほど海老団子汁にありつけずに不満をぶちまける輩が多かったのである。

やっと客たちが引き上げてくれた後、

「おおおおおっ」

頭を下げたままじっと固まり続けていた三吉は、とうとう塩梅屋の土間に足を踏み入れたとたん、前のめりに転んだ。三吉に代わって季蔵は暖簾をしまうと貼り紙を出すことにした。

本日、品切れとなりましたので夕刻以降の商いは休ませていただきます。

塩梅屋店主

この後、季蔵は小上がりで横になったままの三吉のためにいちご汁を拵えた。実は昼餉の海老団子汁に使う車海老から、夕餉用にと少しばかり取り置いてあった。これは何も車海老に限ったことではない。鰯や烏賊でも同様であった。夕餉にはこれらの材料で、団子汁よりは今少し凝った料理を夜の客たちのために仕上げる。車海老の場合はいちご汁と季蔵は決めていた。ちなみに野イチゴ、ヘビイチゴとは別に、長崎は出島より伝播したオランダイチゴも知る者ぞ知るで、観賞用として高価で珍しいものとして富裕層の目を楽しませていた。

いちご汁は宝暦(ほうれき)年間(一七五一〜六四年)に発刊された『料理珍味集』という本に載っているが、塩梅屋のいちご汁は先代長次郎(ちょうじろう)から伝授されたものである。

包丁で叩いた海老の身を泡立てた卵白とごく少量の葛粉でつないで、丸いイチゴ形に仕上げ、塩味の昆布出汁で一煮立ちさせて椀に盛りつける時、茹(ゆ)でた小松菜をへた代わりに飾って適量の煮汁を注ぐ。海老特有の上品な風味と独特のふんわり感、舌と歯にぷつんぷつんと小さく当たる、得も言われぬ歯触りが醍醐味(だいごみ)であった。

「この寒い時季に春そのもののイチゴに見立てて、憧(あこが)れの赤い車海老を食するとは、わたしたちは果報者だ」

季蔵はしみじみと呟(つぶや)き、

「青物を魚介に見立てることってあるけど、いちご汁みたいに、その逆、魚介を水菓子に見立てるっていうの、なかなかないよね」

三吉は照れ臭そうに応えた。

二

「そろそろだよね。車海老の後は何の団子でもきっとがっかりだろうけど、おいら、いちご汁を食べたんだから、もう、とやかく言わないことにしたんだ。塩梅屋(うち)の魚団子は届けてくれる漁師さんたちのおかげで、何だって獲れたてぴちぴちで美味(おい)しいんだし――」

三吉の目は戸口に注がれている。

油障子(あぶらしょうじ)がガタピシという音を立てた。馴染(なじ)みの漁師なら開けるコツを知っているはずであった。駆け寄った季蔵が内側から油障子を開けると、十二歳くらいの男の子が立っていた。

「塩梅屋さんってここだよね」

「そうだよ」

「なら、これ」

男の子は文(ふみ)を差し出すと一目散に走って行ってしまった。

文には〝塩梅屋季蔵殿〟と宛名(あてな)が書かれてはいるものの、差出人の名は記されていない。何となく不吉に思いつつ油障子に背を向けてその文を開けかけた時、

「おはようっ」

威勢のいい馴染みの漁師の声がした。

「へいっ、お待ちっ」

居酒屋の店主を気取った物言いで、二つの魚籠をぐいと前に突き出し、

「中は見てのお楽しみなんだが、おいおい、目笊は一つじゃ足りないぜ」

三吉に向けて顎(あご)をしゃくった。

「へいへい」

三吉は急いで大きな目笊を五つばかり並べた。

「よしっ、行くぞ」

漁師は魚籠の中のアコウダイを目笊の上に積み上げて行く。

「おいらがやるよ」

三吉が魚籠の中に利き手を差し入れる。

「今日は赤魚ですね」

季蔵はいつもと同じ額の対価を相手に渡した。

大衆魚である赤魚は、大きさは一尺七寸（約五十一センチ）ほどで鮮やかに皮が赤く、鯛とは種は異なるものの、桜鯛にあやかってアコウダイと命名されている。他にアコ、アコウ、メヌケとも称される。メヌケの別名は、深海に棲んでいて、釣り上げられた時、水圧の急激な変化により目が飛び出すことによる。

アコウダイは淡泊な味の白身魚であった。刺身、洗い等の生食も悪くはなかったが、獲れる時は唸るほど獲れるので、塩焼、煮付け、味噌漬、つみれに叩いての椀だね等、焼いたり、煮たり、加工したりと、幅広く料理に用いられてきている。

「それじゃ、また、明日」

漁師が帰って行くと、

「とりあえずは頭と腸を取って塩を振っておいてくれ」

季蔵は三吉に指示すると文を手にして、店の裏手にある離れに一人籠もった。

文は以下のような内容であった。

以下のような料理を一日一品として、今日から日々子の刻（午前〇時頃）までに一品ずつ作りあげ、田の神に届けよ。さもなくば鷲尾影守の守役を務めていたおまえの父、堀田季成の命は無い。

一　いちご鯨汁
二　冬まつたけ
三　人参薬膳
四　大江戸大雪菓子

無論、料理はどれも極上の味でなければ許さない。

言うまでもないが、料理が不味くとも、また、このことを奉行所に届けた場合も、おまえの父の命は無い。千里眼の我らの目を眩ますことなど出来はしないのだ。これをよく胆に銘じておくように。塩梅屋季蔵よ、父の命を賭けて己の料理にさらなる磨きをかけよ――。

読みながら季蔵は動悸がおさまらなくなった。

――何でまた捨てたはずの生家の父上なのか？――

鷲尾家家臣堀田季之助として生きていた頃の季蔵には親同士が決めた許婚の瑠璃がいた。ところが、邪悪で漁色家の鷲尾家嫡男の横恋慕と奸計に翻弄され、季蔵は主家である鷲尾家を出奔せざるを得なくなった。士分にとって主家出奔は大罪であり、追っ手を差し向けられれば斬って捨てられる運命であった。どう仕様もない悪人だったその嫡男を、長崎奉行まで務めた父親が手に掛けて相討ちとなった経緯があり、当主の座に縁戚の者が座っても、出奔許すまじの武家の不文律により、表向き、季蔵の行いは許されていなかった。

それゆえ、堀田家では嫡男だった堀田季之助の死を届け出て弟に家督を継がせてもなお、江戸を追われ、扶持の一部召し上げの罰を受け続けた。一家は何年か前にやっと許されて江戸に戻ってきていた。もちろん、季蔵が生家を訪ねることなど皆無だった。ただし、弟とはある縁から顔を合わせたことが二度あった。

——何としても、この重大時を弟成之助に伝えねば——

季蔵は筆を取った。

ご無沙汰しております。過日はそちらに立ち寄らせていただいた折、清々しい浅葱を賜りました。早速煮浸し、和え物にして箸休めの品といたしました。冬には滅多に味わえない野の香りが好評でした。ありがとうございました。

さて、お願いがございます。早急に妹様の嫁ぎ先の堀田成之助にお目にかかりたく存じます。そちらにご迷惑をかけてはなりませんので、昼四ツ（午前十時頃）、三十間堀の水茶屋の二階で待っている、くれぐれも内密にとお伝えください。
どうかよろしくお願いいたします。

塩梅屋季蔵

良効堂佐右衛門様

薬種問屋の良効堂とは塩梅屋の先代長次郎存命の頃からの長いつきあいがあった。薬種を売るだけではなく、裏庭にある薬草園には薬草を中心にさまざまな青物等までもが栽培されていて、長次郎に倣って季蔵は時季の珍しい青物を目当てに赴くことがあった。奇しくも良効堂佐右衛門の妹琴が、季蔵の弟で堀田家の家督を継いでいる成之助の妻となり、季蔵と良効堂は姻戚となった。こうした事情を佐右衛門は薄々知っていたが、決してそれらしき言動はせず、季蔵も、また佐右衛門の方からも持ち出したことは一度も無かった。季蔵には亡き長次郎の跡を継いだ、市井の料理人として対し続けてきていた。

季蔵はこの文とは別にもう一通文を書かねばならなかった。

――父上に危害を及ぼそうというのなら、瑠璃も命を狙われかねない――

理不尽な罠に落ちた季蔵の代わりに、瑠璃の父親はその責めを負って自害して果て、瑠璃は家名存続のために狂気に近い漁色家の嫡男に無理やり側室の一人にさせられた。そんな心身の痛みと苦しみを負いながら、瑠璃は料理人になった季蔵と再会、さらに夫と義父が父子で殺し合うという壮絶な場面に出くわし、正気を保つことができなくなってしまった。

深い心の病にかかってしまった瑠璃は、元は芸者で今は長唄の師匠で身を立てている、お涼の元で養生を続けていた。そして、そんなお涼の想い人が、北町奉行 烏谷 椋十郎であった。童顔にして巨漢のどこもかしこも丸いこの奉行は、一見昼行灯そのものに見える。しかし、その実、市中の災禍を防ぐための堤防等普請費、軽罪を犯した若者たちの更生の場ともなる人足寄場の充実等のためには、賄賂取得に精を出し、時には白州で裁けない悪の極みの始末も辞さなかった。悪が及ぼす悲劇や理不尽さを身をもって知っている季蔵は、この烏谷に誘われて、先代長次郎同様特別なお役目に就いてきた。季蔵の表の顔は料理人で塩梅屋の主、裏では烏谷の指図で働く隠れ者なのである。

――お役目で相手が悪人とはいえ、人を殺めたこともある。どんな悪者でもいいところの一つや二つはあり、肉親もいれば想う相手もいるはずだ。とすると、この文を書いたのは殺した相手と関わりがある者で、わたしの因果な所業を知ってのことだろうか？　それとも、あえて父上を名指ししてきたのは、まだお務めを果たせずにいる、鷲尾の家の追っ手か、その末裔の苦肉の策なのか？　ならばやはり瑠璃も危ない――

季蔵の心は戦き千々に乱れ、文はごく短いものになった。

急にお話ししなければならないことが起きました。いつもの水茶屋で昼九ツ（正午頃）にお待ちします。

季蔵

離れから店に戻った季蔵は、

「文を二通出したいので、すぐに誰か二人呼んできてくれ」

三吉に頼んだ。

三

季蔵が走り使いの若者たちに文を託すと、

「その文、何かよほど大事なの？」

青ざめてこそいなかったが緊張の面持ちの季蔵を三吉が案じた。

何でもないと言い切ろうとした季蔵だったが、

——料理は方便か揶揄かもしれないが、今は相手の望み通りに拵えるしかない。それには三吉の力を借りることになるだろうから——

「特別なもてなし料理を頼まれて引き受けることにした。御名は秘しておられるがやんごとなきお方のようだ。御三家のいずれかかもしれない」

わざと声を低めて伝えると、

「ええっ」

三吉は仰天した。

尾張徳川家・紀州徳川家・水戸徳川家の御三家は、徳川将軍家の直系が絶えた場合に限って、世継ぎを担うよう定められている堂々の家臣にして親戚筋であった。

「でもどうして御三家ともあろうお方が料理の注文ごときを秘密にしなきゃ、なんないの？」

三吉は小首をかしげた。

「おいらにはさっぱりわかんないよ」

「身分の高い方々のお考えは我ら下々には、計り知れぬものがあるのだろう」

言い切った季蔵は、

「それにしても、御所望の料理を拵えるにはなかなか手に入らないものが幾つかある。これからいくつか思い当たる店を回ってみるが、売り切れてしまっているかもしれない。なければ一日中、あるいは明日も、市中いや近郊の村々で探し回ることになる。そんなわけだから、今日から四日間昼も夜も店は休む」

突然の休店を告げると、

「きっとその料理に使うものってよほど珍しいものなんだね。いったい、どんな料理なのか、おいら知りたいよ」

三吉は興味津々で訊いてきた。

「とにかく時がない。帰ってきたら必ず教えるから、三吉、おまえは休みの貼り紙を表に貼っておいてくれ。風に飛ばされないよう、しっかりとな」

「合点承知」

三吉は早速、紙と硯を引き寄せて筆を取りかけて、

「あ、ところで漁師さんが届けてくれてるどっさりの赤魚はどうするの？」

季蔵の背中に訊いた。

「頭と腸をとって粕漬けにしておいてくれ。粕はもとめたばかりのがあったろう？」

「ん、わかった。それと、店、四日間休みにしても、そのこと知らない漁師さんは明日も魚、届けてくると思うよ。そっちの方はどうするの？」

三吉は気掛かりを口にした。

「味噌も樽買いしたのがある。仕入れの魚は粕漬けと味噌漬けにすればいい」

「なーるほどね」

やっと三吉を納得させた季蔵は、三十間堀にある水茶屋へと向かった。

堀田成之助は昼四ツちょうどにその水茶屋の階段を上ってきた。迎えた季蔵は成之助を上座に座らせた。

「しばらくだな」

季蔵から声を掛けると、

「ああ、まあ――」

日焼けしたせいか、やや痩せて見える成之助は迷惑そうに目を伏せた。

「何か――」

弟に促された季蔵は、

「これを読んでみてくれ」

懐から先ほどの脅迫の文を出して渡した。

「大変なことになった」

季蔵の言葉に、

「そうですが――」

成之助の目と眉が同時に上がって、

「隠居暮らしをされている父上が人から恨みを買うとは考えられません。今も昔も堀田家に禍が降りかかるのは、全てあなたのせいではありませんか？」

吐き出すように言った。

「それについては――」

季蔵は居住まいを正すと、

「ほんとうに申しわけない。すまない。この通りだ」

畳に手をついた。

「兄上」

成之助は慌てて、

「どうか、頭を上げてください。そんなことまでさせるつもりはなかったのです。木原店の塩梅屋の料理の評判がよくて、瓦版に出ることがあるでしょう？　それを見ると兄上は元気でやっている、よかったと思う反面、こちらは兄上ほど気楽ではないのにと、ついつい恨み心が頭をもたげてくるのです」

「暮らし向きはどうなのだ？」

頭をあげた季蔵はまた、弟が怒るかもしれないと思いながらも訊かずにはいられなかった。〝武士は食わねど高楊枝〟とは全くもって、武家の内証を的確に言い当てている。武士でございと、高みから下を睥睨できるような富裕な暮らしが出来るのはほんの一握りで、下級の上お咎めもあった堀田家ではきっと借金もあり、内証は火の車なのではないだろうか？

「恥ずかしながら、わが家は江戸に戻されたとはいえ、扶持は上総で暮らしていた時と同じ、下げられたままです。お琴の実家、良効堂から珍しい菜や、子らに菓子でも買ってやるようにと、届け物があるので何とか――」

成之助は再び目を伏せた。

――届け物と濁したのは金子の助けも得ているからなのだろうな――

「父上、母上は息災か？」

自然にこの言葉が出た。

「隠居後、父上は良効堂の薬草菜園に魅せられていたので、足の痛みが治まってからは日々青物作りに精を出されるはずでしたが――」

「やはり、どこか、お加減が悪いのだな」

季蔵が言い当てると成之助は黙って頷いた。

「医者には診てもらっているのだろうな」

思わず口から飛び出てしまった言葉に躓いて季蔵は反省した。

――薬礼（治療費）も安くないというのに何とも、偉そうな物言いだった――

「医者は今すぐ命に関わることはないが、とにかく長い病だと言っています」

よかったと季蔵は安堵したが、なぜか口には出せなかった。

――父上の病が重くないというのに成之助は少しもうれしそうではない――

「わたしが拵えた滋養のある菜を届けたりするのはまずいだろうか――」

代わりに自分の想いを言葉にすると、

「塩梅屋の昼賄いの団子汁、さぞかし美味く精のつくことでしょうね。青物は出来るだけ買わずに、育てて食べるのが堀田家の家訓の一つでした、兄上も覚えているでしょう？　それでそれがしはこのところ、剣術の稽古をする暇もなく、刀を鍬に代えて青物作りをしています。母上は父上の世話に疲れ切っています。風邪で死にかけたことさえありました。それを潮に、それがしの青物作りを手伝ってくれていた妻のお琴が幼子が二人居てまだ手が掛かるというのに、母上を助けざるを得なくなりました。父上はご病気ですが、家族は皆疲弊しています。ですので、〝長い時をかけて並んでも食べたいものだ〟と瓦版に書かれていた、兄上の団子汁を食せないのが残念です」

成之助は棘のある物言いで辞退した。

——弟は子どもの頃から青物作りが好きではなかった。土の匂いや虫が嫌いだったせいもある。その分、剣術の稽古には余念がなかった。そんな弟が家長の役目として、一家の食べる分の青物を作り続けるのはさぞかし難儀なことだろう。なるほど、それでこれほど日焼けして痩せたのか——

季蔵は知らずとまた頭を深く垂れていた。

「兄上はそれがしなどよりもずっと両親想いでした。ですから、誰かが父上の命を奪おうとしている事実が、よほど応えているのだと思います。それがしだって案じていないわけではありません。けれども、父上と同じ家で暮らして、何というか、それがしもお琴も役目ばかり背負わされて——、食べ盛りの子らがもっと唐芋を食べたいと拗ねる時など、もう、父上のことはどうでもいいと思うことがあるのです」

成之助は頭を垂れ、掠れ声で先を続けた。

「一度、様子を見に来てください。そうすればわかります。父上だけではなく、それがしたち家族の苦しみが——」

「わかった、そうしよう。これからすぐは無理だが、八ツ時（午後二時頃）までには行ける。大丈夫だ、もちろん名乗ったりしないし、隠れてそっと様子を見るだけだから」

この兄の言葉に、

「駄目ですね。それがしはやっぱり駄目だ。それがしは剣術好きなのに喧嘩がさっぱりで、虐められることも多く、いつでも兄上に甘えて助けられていました。その癖が抜けません。

このような時だというのに、言いたい放題を言って、すっきりしました。救われた想いです」

成之助は小声で恥ずかしそうに応えた。

四

弟成之助が帰って行った後、ほどなくして烏谷椋十郎が、音もなく階段を上がってきて、障子を開けると、

「何だ? 何だ?」

大きな丸い顔をひょいと突きだした。

「お忙しいところをお呼び立ていたしました」

季蔵は頭を垂れ、烏谷はずかずかと入ってきた。季蔵は慌てて部屋の隅にあった座布団を重ねて上座に敷いた。

「いや、何用かは後で聞こう。ちょうど昼時だ、今は腹が空(す)いてたまらん」

大食漢の烏谷は大好物の大福が入った紙包みをどさりと畳に投げ出した。

「さてと——」

紙包みは季蔵が解(ほど)いた。三十個近い大福が並んでいる。

「そちのところの評判の団子汁は汁物ゆえここへは運べぬだろう。それにもしかしたら、火急の用向きであれば昼餉のことなど思いつかぬかもしれぬ。それで弁当代わりに持参し

た。そちも食うてよい。共に大福を昼飯代わりとしよう。それにこれもある」

烏谷は竹筒に詰めた水を季蔵にも手渡した。

大福を目にして季蔵の腹がぐうと鳴った。そういえば漁師から魚を買った後、あんな文を読んだので、このところ、早く通ってきてくれている三吉の分も用意しておいた朝餉を食べ逃していた。

「〝腹が減っては戦ができぬ〟とはよう言ったものよな」

烏谷は一つ、また一つとあっという間に十個もの大福を胃の腑におさめていく。季蔵も釣られて三つまでは夢中で食べた。四つ目に手を出す代わりに水を飲むと急に腹がくちくなってきて、

「ご馳走様でした。ありがとうございました。料理人だというのにお奉行様の昼餉に気がつかず、申しわけありませんでした」

季蔵は頭を下げて礼を言った。

「わしも空いた腹がおさまって、やっと人心地がついてきた。そちの急な用向きを聞こう」

烏谷は十一個目で竹筒の水をぐいと一気に飲んだ。

促された季蔵は弟に見せたあの文を見せた。

「一はいちご鯨汁、二は冬まつたけ、三は人参薬膳、四は大江戸大雪菓子か。そちの父親の命と引き替えにこのような得体の知れない料理を作れとは、何とも面白い趣向ではない

か。いちご鯨汁にしても、いちご汁が車海老を使った高級な見立て椀物であることは、美味い物食いには試してわかっておる。一方、塩鯨を戻して根菜と合わせて煮る鯨汁は、何かと忙しい師走や冬場の商家の夜鍋用にと作られることが多い。いちご汁はあっさりした上品な味で、鯨汁は癖が強く濃厚極まる。その二種を合わせたかのようないちご鯨汁となると、両極端は合わせようもなく、どんな代物なのか皆目見当がつかない。ったく、最初っから食通泣かせの脅しよな」

烏谷はふふふと笑ったが、緩んだのは口元だけで、脅している相手に挑むように大きく見開かれたその目は少しも笑っていない。

「そち、このような趣向を思いついたのはどんな奴だと思う？」

烏谷は試す問いを発した。

「出る杭は打たれると申しますが、安さと旨さで瓦版や江戸美味いもの案内等に、しばしば取り上げられてはいても、塩梅屋はただの一膳飯屋です。同業に嫉まれてこのような脅しを受けるとはとても思えません」

「老中は譜代の大名方の持ち回りが普通だが、石高の勝る領地から国替えしてまで老中を目指されたお方がおる。老中首座となったそのお方は政に命を賭けておられる。是非とも贅沢は食い物に到るまで取り締まるべきだというお考えのようだ。が、しかし、大きな声では言えぬが贅沢のし放題で民の暮らしを圧迫しているのは子だくさんの先の公方様と大奥、一握りの金持ちなのだから、食い物まで取り締まることはない、とわしは思っている。もっとも、このところの大雨や大風、今はかつてなかった大雪が禍して、煮売り屋や一膳飯屋、蕎麦屋、屋台の天麩羅屋等だけでなく、老舗の料亭の商いにまで寒風が吹いていると聞いておる。こんな中では、塩梅屋の活気が気になって、妬ましく思うものではないかな。ゆえに、同業者の仕業とも考えられる。ただ、そう言い切れぬのは、同業者でそちのことを、父堀田季成の名まで知り得ている者が果たしているか、どうかという疑問ゆえだ。もし知り得ているとしたら――」

知らずと烏谷の声は低まって一瞬途切れた。

――茶漬け一杯の注文に玉川上水まで水を汲みに行き、途方もない金を払わせたという、八百良のような老舗ならあり得る。御政道を司っている御老中様方と、ずっとよしみを通じてきた仲なのだろうから――

「そうだとした場合、もしや――」

季蔵はじっと烏谷の気持ちを抑えた冷たい目を見つめた。

「まあ、そうだろうな。これは手強い」

烏谷は短く応えた。

――この文を書いた者は、わたしがお奉行の下で働いている事情や、隠れ者としての所業の数々を知っているかもしれぬのだ――

季蔵は全身から冷や汗が流れた。

「ことと次第によってはわしの首も飛ぶ」

烏谷は手で首を斬る真似をして見せて、

「しかし、これはあくまで憶測の一つにすぎん」

がははと大笑いした。もちろん目は冷えたままである。

「あと何が考えられる？」

再び烏谷は季蔵に問うた。

「鷲尾家の手によるものです。お家を出奔したわたしが生きていて、塩梅屋の主となっていることを知り、始末をつけようとしているのかもしれません。その場合はわたしだけではなく瑠璃も狙われるでしょう。どこか、別の場所に移した方がいいのではないかと、このこともご相談したかったのです」

「見くびってもらっては困る」

烏谷は空涙ならぬ空笑顔を消して真顔になった。

「かの老中首座は己の信念を貫くために、どこにどれだけ手の者を放っているかしれない。そのお方の動きまでは、このわしも正確には摑めぬが、鷲尾家程度の直参旗本家ならば目は届いている。鷲尾家の大悪党にしてそちや瑠璃を苦しめた影守が死しても、残党や肉親は残っていてそちたちに危害を与えかけたことは事実だ。しかし、その後は密かに徹底的に見張りを続けておる。そして、亡き影親様の御正室にして尼寺の庵主となられた瑞千院様のお力も得て、影守の残党は一人残らず改心させた。残党を率いていた影守の生母の側室も亡くなり、気になる肉親はもう一人もいない。鷲尾影守のそちたちへの因縁は完全に切れている。安心せい」

烏谷の頼もしいこの言葉に季蔵は、

――よかった、これで今回は瑠璃にまでは禍が及ぶまい――

ほっと安堵のため息をついた。

「ほう、瑠璃が無事とわかってそこまで安堵するとはな。わしのことは瑠璃ほど大事ではないのか？」

烏谷は少々拗ねて見せて面白がっている。

「お奉行様は瑠璃ほど隙だらけではありません。それにわたしがついております。わが身を挺してでも、お奉行様は必ずお助けいたします」

季蔵が言葉に力を込めてきっぱりと言い切ると、

「それは有り難いが、この文の真の主旨はそちにかこつけてのわし潰し、鷲尾家絡みの隠謀の他にもまだあるぞ」

さらに問い掛ける烏谷はまた、ふふふと笑った。

「さて――」

困窮した季蔵が沈黙を続けると、

「金持ちや大名たちの中にはおかしな趣味の者たちもおる。一つ、からかってみるのも一興だと思いついて、このような悪戯じみた脅しをする者たちがいないとも限らない。まあ、先だってお咎めを受けたような、金で買った生娘を仲間内で輪姦して、その様子を絵師に写し取らせるなどという、お決まりの遊びがつまらなくなってきてのことかもしれない。金に飽かしてそちについて調べれば、堀田家のこともわしや瑠璃のこともわかるだろう。この連中の怖いところは、金があり過ぎてたいていが足るを知らぬことだ。すでに脅しや人殺しの遊びに目覚めているのやもしれぬ」

烏谷は憂鬱そうに告げた。

「けれども、その富裕な方々はお奉行様のお知り合いが多いのではありませんか？」

季蔵は烏谷が得ている賄賂の源が付き合いのある富裕な面々である事実を知っていた。

「だとしたら持ちつ持たれつですから、退屈しのぎの遊びの伝手を切ったりはしないはずです。わたしも生かしておいて料理を拵えさせればいい。指図したおかしな料理を拵えられなければ、隠居老人にすぎない父を殺すなどという脅しは少しも面白くなどありません」

季蔵は富裕な面々への不快感を抑えつつ、この文の主ではないと主張した。

「しかし、人の不幸は蕩けるほど美味いとも言うぞ」

そこで烏谷はちらと季蔵の心を見透かして、案じるかのような幾分優しい面持ちになった。

「そちはわしの前に弟の成之助にも会って、文を見せ、突然、父御に降って湧いた禍について話したはずだ。父親を守れるのは一緒にいる弟たちなのだから」

「その通りです」

「弟は頼りになったか？」

「それが――全てはわたしが悪いのですが――」

季蔵は成之助の愚痴を出来得るだけ短くまとめて伝えた。

ところが、はじめて耳にするはずの弟の話を、

「そうであろう、そうであろう」

烏谷はうんうんと頷いて聞いた。

「もしや、お奉行様は堀田の家のことを何かご存じなのではありませんか？」

季蔵は訊かずにはいられなかった。

「わしが千里眼であることは存じておろう」

烏谷は大福にまた手を伸ばすと一嚙みして、口いっぱいに頰張った。

「まさか、お奉行様はわたしの生家を――」

くちゃくちゃと嚙んでごくりと大福を飲み込んだ烏谷は、

「もちろん、気になる場所は時折覗きに行く。そちの父親は老いがなせる心の病に罹っている。そして家族はその容易ならざる病に振り回されておる。その様子は同じ心の病でも若く、理由もわかっている瑠璃の抱えるものとは異なり、治癒の望みはほとんど無い。話を聞いただけではぴんと来ぬだろうな。覗いて見なければ到底、家族の苦労も含めてわからぬものだ。わしが命じるまでもなくそちは覗きに行くと決めておることだろうが――」

しみじみと告げて、常とは異なる温かな目を季蔵に向けた。

五

烏谷は水茶屋を去る際、

「敵はそちの父御の病や家族の苦労を知っているはずだ。そして、あえてそのような病の父御を亡き者にするという脅しは、そちが大きな苦しみを背負って、のたうち回るとわかっておる。富裕なろくでなしたちの酔狂かもしれないと思うたのはそれゆえだが、これだけでは老中絡みのこのわし、北町奉行烏谷椋十郎潰しの線も捨てられない。ともあれ、すぐにそちの父御と家族に護りをつけるよう手配する」

大きな目をかっと剝いて言い置き、

「残りの一つはそちが食え」

ふふふとまた笑った。

「ありがとうございます」

季蔵は深々と頭を下げた。

——弟は自分の子らに唐芋さえ腹一杯食べさせられないと言っていた。武家では、とかく冠婚葬祭以外にも、しきたりやつきあいに金が要る。良効堂さんからの金子は菓子にまでは回らぬのだろう——

とうてい食べる気になれなかったが、かといってそのまま捨て置いて出て行くことも憚られた。烏谷が階段を下りていった後、しばらくして季蔵は大福を懐紙に包んで片袖にしまった。

鷲尾家の屋敷のある表六番町へ向かって懸命に走った。昼日中であるし、すでに帰り着いているであろう弟には刃のような文を見せもした。家族は皆、警戒を怠らないはずだから、たとえ、烏谷からの警護の者がまだ訪れていなくとも、父上の身に危険が及ぶことはなかろうとは思う。けれどもやはり気が急いた。堀田家を捨ててしまったことへの悔恨が季蔵の目頭を熱くさせている。

――言い訳などできぬものだ――

季蔵はつとめて表六番町へは足を向けていなかった。最後の四つ角を右に折れると、長く目にすることのなかった鷲尾の屋敷が見えた。季蔵は裏へまわり、侍長屋脇の裏門を目指した。裏門近くの崩れた土塀の代わりに植えられた忍冬の茂みの前で馴染みのある背中を目にした。

――おや、蔵之進様――

南町奉行所同心の伊沢蔵之進は先代長次郎の娘おき玖の夫であった。南町の年番与力だった養父が烏谷と懇意にしていたこともあり、時と場合によっては、北町奉行烏谷椋十郎に尽力を惜しまない。隠れ者の季蔵とは共に働くこともあったが、塩梅屋の料理を思う存分楽しもうと時折、夜更けて店に灯りがついているとふらりと訪れる。

この蔵之進の背中は変遷が見られる。以前には薄い背中に近寄り難い影があった。蔵之進の実父は成功した商人ではあったが、一緒に抜け荷の大罪を犯していた仲間たちに裏切られ、自害する羽目となり、この捕り物を仕切った養父によって幼子の蔵之進は助けられた。そんな暗い過去が背中に貼りついていた蔵之進だったが、おき玖と祝言を挙げ、女の子に恵まれてからは影の代わりに、

「父親は強いと尊敬させたい」

今まではおざなりだった剣術の稽古に道場へと通い、逞しい肉付きの背中の持ち主となっていた。

「蔵之進様」

季蔵が声を掛けると、

「とうとう来たな」

蔵之進は振り返った。

蔵之進には可笑しくも無いのに口元の端に笑みを浮かべる癖があった。疑わしい相手と対峙している時や、切羽詰まった潜入しての調べでも頻発するが、挨拶代わりであったりもする。今も同じだった。

――如何にあのお奉行でもこんなに早く護りを手配できるはずもない。だとすると、蔵之進様が堀田家を覗いていた真意がわからない――

「奇遇ですね」

季蔵が呟くと、

「まあ、そうだな」

蔵之進は自分でも気がついていない笑みを作り続けて、

「実は梅雨の頃、おき玖にいい蜜が採れるというスイカズラの花が、ここらへんの垣根に咲いているはずだから、甘いものを欲しがりはじめたうちの子のために探してきてくれと言われた。それで行き着いたのが鷲尾家の屋敷内の堀田家、後で知ったがおまえさんの生家だった」

忍冬の別称はスイカズラ、吸い葛と書く。砂糖の無かった頃は人も鳥たちに倣って、花を口にくわえて自然の甘い蜜を吸っていた。

――しかしどうしてわたしの生家だとわかったのか？　堀田の姓などありふれたもののはず――

「お奉行様にこの話をされたのですね」

「それはこのところのことだ。それまではずっと、庭仕事が好きな御隠居に理由を話して忍冬を分けてもらっていた。忍冬とやらは、花の蜜を吸うだけではなしに、たいした効き目があると教えてもらったからだ。御隠居ともすっかり親しくもなった。小袖だけだったし、八丁堀の同心とは言っていない。その方が余計な憶測を生まないからな」

忍冬の花の蕾（金銀花）や茎葉（忍冬）はともに漢方の生薬であった。乾燥させて煎じて用いる。金銀花は春から夏、忍冬は秋から冬と使い分けられている。ともに抗菌作用や解熱作用、ようは清熱解毒の効能があり、化膿性の皮膚疾患や風邪、のどの炎症、腸炎などの感染症に煎じて用いられる。

「ただそれだけのことだったのだが、そうだな、半年ほど前から御隠居ではなく、おまえさんの弟と思われる者が相手をしてくれるようになった。御隠居は病を得たのだと言う。とても客人に会わせられる様子ではないとも聞いた。それで俺は明日をも知れないのなら一目会って、今までの礼を言いたいと思った。するとその者は慌てた様子で、それには及ばないと言い、さっさと家の中へ入ってしまった。今までにない素っ気なさだったので、不審に感じた俺は忍冬を分けてもらった後、帰らずにしばらく、忍冬の垣根の隙間から中を覗いていた」

「なるほど――」

季蔵は相づちを打った。蔵之進は何事につけても好奇心が旺盛だった。ただし烏谷のように利得と関わってのものではない。

「すると驚いたことに、御隠居が縁側から裸足で下りた。元気そうに歩いてこちらへ向かってきた。何だ、病などではなかったじゃないかと、俺はうれしくなった。きっと、重めの風邪でも引いて長くなり、家族が案じて外へ出さないのだろうと思ったのだ。〝よかったですね、心配しましたよ〟と声を掛けたかったのだ。ところが、俺が話し掛けると、御隠居は困惑した表情で、〝はて、どなた様でしたかな〟と言った。俺は花蜜を探してここへ足を運んだ時のことから、いろいろ話したが、〝そうでしたか？　そんなことがありましたか？〟と首を傾げるばかりだった。そのうちに〝ここにいてはいけない、行かなければ〟と裏門へ向かい、あっという間に屋敷の外へ出てきた。そして、すたすたと歩き出した。これが意外に速くて驚いた。そのうちにぴたっと止まったかと思いきや、〝疲れた〟としゃがみ込んでしまった。仕方ないので俺は背負って送り届けた」

「申しわけございません」

季蔵の頭は自然に下がっていた。

「いいんだよ。その時はまだおまえさんの父上だとは知らなかったんだから」

「とはいえ――」

「御隠居は俺の背中の上で赤子のように眠ってしまっていた。送り届けた時、家族は俺に礼を言ったが、どこかよそよそしかった。これが気になって、俺は忍冬を分けて貰わない時でも、時折、ここへ足を向けるようになった。御隠居のことが気になったのさ。俺は実の父親と幼くして死に別れて、知ってるのは偉い育ての父上だけだから、何となく御隠居が父上に重なったのかもしれない。御隠居は、やはり何度もふらふらと外へ出た。気がついた家族が後を追った。当初は御隠居の連れ合いの老婆だったが、そのうちに主かその嫁に代わった。家族たちは御隠居の手を引っ張り、身体を張ってうろつくのを止めさせようとした。けれども、御隠居は邪険にその手を振り払った。そして歩き出そうとする。家族は追いついてまた手を取って引き戻そうとする。御隠居が疲れて諦めるまでその繰り返しだった」

――わたしや成之助にとって、武士の手本のようだった父上が――。これが病なのだろうか？　いったい父上に何が起きているというのか？――

季蔵は不可解この上なかった。蔵之進は先を続けた。

「御隠居はいつも背負われて帰っていた。これが非力な女たちだとたいそう息を切らしていて、主は〝父上、いい加減にしてください〟と何度も怒鳴った。そのうちにこざっぱりしていた御隠居の様子が以前とは異なって垢じみてきた。外に出ても引き戻す家族たちの姿がなくなり、御隠居はぶらぶらと当てもなく歩き続けて、倒れるようにしゃがみ込んだ。尾行ていた俺は御隠居がごろつきたちに襲われかけたり、身ぐるみ剝がれそうになると助けて、やはりまた背負って家へ送り届けた。もうこの頃から、迎える家族の口から礼の言葉が出なくなってきた」

――まさか、弟たちは父上などどこでどうなってもいいと思っている？　まさか、そんな酷いことを――

「御隠居は〝堀田、堀田、堀田季之助、季之助はどこにいる？〟と叫びながら歩いていた」

――父上がわたしを探してその名を？　まずいではないか――

季蔵はこの時、心が真っ二つに折れたかのような衝撃を受けた。それには後ろめたくはあったがうれしさも含まれていた。

蔵之進の話は続く。

「それで運良く、しゃがみ込む前に、知り合いが見つけ、付き添って家に送り届けることもあった。俺はこの話を何の気なしにお奉行に告げた。すると〝長生きとは因果なものでもあるな〟といつになく憐れみを顔に出して、堀田季之助がおまえさんの武士だった頃の名であり、なぜ市井で生きる料理人になったかについておおよそを話してくれた。そしてこれも縁ゆえ、気に掛けて、立ち寄り続けるようお命じになられた。俺は世間とは広いようで狭いものだと思い、機を見ておまえさんに話すつもりだった」

六

「これを」

季蔵は無言で脅しの文を蔵之進に渡した。

「これで俺はお奉行からの指図を待つまでもなく、気にかけて立ち寄るだけではなしに、ここへ日々通って貼りつくことになりそうだな」

蔵之進は口元の笑いを消した。

「なにとぞ、よろしくお願いいたします」

季蔵はやはりまた丁寧に頭を垂れた。そして自分は弟に言われたことでもあり、父の病が家族にかける苦労を、この目でこれから確かめなければならないのだと告げた。

「死んだことになっているおまえさんは顔を出せまい」

「そうなのです」

「ならば、鷲尾の家が口入屋を介して雇った手伝いのふりをして、鷲尾家の屋敷内のおまえさんの生家に俺が住み込むとしよう。実は御隠居の好意で茶を振る舞われたこともある。

忍び込んで潜める常緑の茂みや厠、縁の下等の見当をつけておいた。鼠の仕業に見せかけて壁や勝手口の戸に穴を開けておけば、茂みや縁の下から出て中を見渡すこともできる。それでは早速——。俺は縁先で話を済ませた後、厨へ行く。おまえさんは勝手口の前に植えられている南天の茂みに隠れていろ」

季蔵は勝手をよくぞ、ここまで知っている蔵之進に驚きつつ、

「わかりました」

縁先の見える忍冬の垣根の前に屈み込んだ。

「ご免下さい、わたしです。伊沢蔵之進です。どなたか、おられませんか？　どなたか——」

蔵之進は戸口で大声を張った。

蔵之進を迎えたのは他ならない父季成であった。普段用の藍色の足袋だけで草履は履いていない。追いかけるように、あわててついてきた母、世志江の姿もあった。

——二人とも黒髪より白髪の方が多い。痩せて一廻り小さくなったようだし、皺の中に目鼻口があるようだ。こんなに老いてしまったとは——

「どなた様でございますか？」

様子を見ている季蔵はまた、胸を突かれるような痛みを感じた。

季成は不審そうに蔵之進を見たが、

「いつもの忍冬でございましょう？　ちょっとお待ちください、呼んで参ります」

世志江は畑仕事をしている成之助を呼びに走った。

成之助は鍬を担いだ姿で、

「こんなもので毎回、お金をいただいてすまぬことです」

礼を言ったが頭は下げなかった。

「実は本日は格別なお話があるのです」

蔵之進は背筋を伸ばした。

「それではどうぞ」

成之助はややうんざりした顔で蔵之進を招き入れた。両親もついて入ったが、父は〝格別なお話、格別――〟と蔵之進の発した言葉を念仏のように繰り返している。

「父上を先に中へ」

成之助に言われ、世志江は、

「さあ、さあ、あなた、参りましょう」

季成を促そうと背中に手を掛けたが、

「わしがいなくてはお客様に無礼であろう」

傲然（ごうぜん）と言い切って世志江の手を振り払った。非力なのと唐突だったせいで、戸口で世志江が前のめりに転んで倒れた。

――母上――

すぐにも季蔵は駆け付けて助け起こしたかったがそれは儘（まま）ならぬことである。倒れた世

志江はやっとよろよろと立ち上がると、

「あなた、中へね、さ、中へね」

季成の手を引こうとした。

「うるさいっ、下働きの身分で何だっ」

季成が世志江の頰を力一杯張った。

――父上が母上にあのようなことを――。母上を殴る父上など、一度も見たことがなかったというのに――

季蔵は自分の目が信じられなかった。

――それに父上は母上が誰だか、わかっていない――

「この婆、邪魔ばかりするクソ婆」

季成はなおも世志江を殴りつけようと固めた拳を振り下ろした。

「義母上、危ないっ」

良効堂の主の妹で弟成之助の嫁であるお琴が世志江を庇った。乳飲み子を背負っている。

振り下ろした季成の拳は嫁の肩先を掠った。驚いた赤子が火がついたように泣きだした。

「お祖父様、お願い、お祖母様や母上を虐めないで」

三歳ほどの男の子が中から走り出てきた。

お祖父様という言葉で我に返ったのか、季成は振り上げていた拳を下げた。

すでにこの手の様子を何度か目にしたことがあるのだろう、

「お話は御隠居も交えてにいたしましょう」

蔵之進は悠揚迫らぬ口調で縁先の方を見た。

「そうしていただけると助かります」

成之助は、はじめて相手に浅くではあったが頭を下げた。

こうして家族全員が縁先で蔵之進の話を聞くことになった。赤子はお琴があやしたので寝入りつつあった。男の子はお琴の袖を摑んでいる。季蔵は垣根の向こうから赤子の寝顔まで見ることができた。

――あどけなく可愛い。どんな赤子でも可愛いものだが、血のつながりがあるとなると可愛さに格別な感慨が混じる――

「わたしが貧乏御家人であることはすでにお話ししてある通りです」

蔵之進は切り出した。

「何かできる仕事はないかと口入屋を覗いたところ、偶然、御当家が人手をもとめていることを知りました」

そこで、蔵之進はわざと言葉を切った。

「待ってください。当家では人手をもとめてはおりません。何かの間違いではありませんか」

成之助は困惑している。

「そんなことはありません。鷲尾様からのご依頼ですし」

蔵之進はゆっくりと首を横に振った。

「あり得ません。堀田のこの家はあることでお咎めを受けて、遠方で暮らすことを余儀なくされた上、以前の扶持ではもうないのですから。それに元々当家には中間を雇う余裕などありません。やはり、お間違いではありませんか？」

成之助の言葉に、

「もしや、これは今の鷲尾家御当主様の真の御意志、さらなる扶持減らしの代わりに、わたしたちにお役目を返上させるため、堀田家を一気に潰すおつもりなのでは？」

世志江の声が掠れ、季成と赤子、嫁の着物の袖を摑んでいる男の子以外の全員の顔が蒼白になった。

――母上は、わたしのせいで辛い思いばかりさせたので、過ぎた悲観が習い性になってしまったのだろう――

「そのご心配はございません」

言い切った蔵之進は、今にもその場に倒れそうな世志江に案じる目を向けた。

「なぜなら、これは現鷲尾家御当主様の命ではないからです。これを指図されたのは前当主の鷲尾影親様御正室お千佳の方様、今は市ケ谷の慈照寺の庵主となられている、瑞千院様の思し召しだからです。瑞千院様が生き菩薩様のような気高くも徳の高い、慈悲の心に満ちたお方であることは、鷲尾家と縁のある者たちでなくとも、世に広く知られております」

蔵之進は巧みな方便で切り抜けた。

「たしかに瑞千院様は、影親様御存命の頃から、家臣思いのご立派なお方でした。自分には子がいないから、家臣は我が子で家臣の子は孫だとまでおっしゃっていて——、何とまあ、有り難い——」

世志江は涙声で目を濡らした。

成之助はまだ半信半疑であった。

「しかし、瑞千院様はなにゆえ、我が家の難事をお知りになったのでしょうか？」

「人の口に戸は立てられないと申します」

そこで蔵之進はほとんど無表情で立っている父季成の方を見た。

「たまたま、送り届けられたお方がご近所だったこともありましたし」

「そういうこともあったな——」

成之助はふうとため息をついて頷くと、

「ああ、でも——」

季蔵に見せられた文への拘りは消えていなかった。

「このわたしが御隠居様のお命を狙う者とでもお思いですか？　ここの御嫡男だった季之助様のことは瑞千院様から伺いました。わたしが信じるに価しない者なら、瑞千院様が重い事情をお話しになって、直々に頼まれることなどありはしないのです。どうか、わたしを信じてください。御隠居様のお世話をさせてください」

蔵之進は成之助と季成、世志江各々に深々と頭を下げた。

「よろしくお願いいたします」

七

相当強引な売り込みではあったが、

「そうですわ」

「有り難いことですよ」

世志江とお琴は頷き合って蔵之進に頭を下げた。

「ならばお願いいたしましょう」

成之助は渋々首を縦に振った。

「そうか、そうか、わしの客人として逗留なさるのか」

浮き浮きした様子の季成は、はしゃぎ気味に大声を出した。

「外遊びは御勘弁願います」

「ならば、早速厨へと案内しよう。これがなかなか面白いところでな。ここへ入ると叱られるのでつまらぬから外へ行くのよ」

「なるほど。是非ともその面白きところへお連れくださ い」

成之助に覗いてみると言ってあるのだから、鉢合わせてもよかったのだが、恐ろしく変わってしまった父を目の当たりにした今の季蔵は動揺が過ぎて、成之助の顔を見るのは少々辛かった。あのような父に振り回されている弟一家や母にすまないと思う反面、自分が居たらあんな風にさせずに済んだような気がしていた。心のどこかに成之助への不満や苛立ち(いらだ)があったのである。

よく茂っている南天の木のおかげで畑からは死角になっている勝手口に近づいて、明かり取りを兼ねた窓からそっと中を覗いた。

季成と蔵之進が並んで立っている。料理は作るのも食べるのも好きな蔵之進はともかく、季蔵が厨にいる季成を見たのは初めてだった。

「こいつらはとにかく、料理が下手なのですよ」

季成は世志江とお琴に顎をしゃくった。

「女なんて子を産んで一生遊んでるようなものだというのに、魚の漬物一つ満足に出来んのですからな」

季成の悪口雑言には慣れているのだろう、世志江とお琴は顔色一つ変えずに、無言で赤魚のうろこや腸、頭を取って三枚に下ろしている。

――今日は赤魚がやたら沢山獲れたのだろう――

季蔵は漁師が塩梅屋に届けてくれた魚が赤魚、アコウダイであったことを思い出した。

――内証が苦しい堀田家ではしわ寄せは全て日々の膳の菜に及んで、節約あるのみ。いつも安い魚しか買わなかったな――

「アコウダイの漬けには酒粕がよい。酒粕は買ってあるだろうな」

季成の念押しに、

「はい、粕汁用のがまだ残っております」

お琴が応えた。

「わしが粕床を作って進ぜよう」

季成は酒粕と酒を平たい鍋に取ったところでうーむと考え込んでしまった。

「次はどのようだったかな？」

「温めてほぐすのではありませんか？」

蔵之進は篦を手にした。弱火にかけて焦げつかないように注意しながら混ぜ合わせておく。

「そ、そうであったな」

季成は調子を合わせ、

「寒いので一塩した三枚の赤魚はここより寒い場所に、練れた味にしたい粕床は甘酒のように炬燵に入れておきましょう。二日経って合わせれば、きっと最高の赤魚の粕漬けができます」

蔵之進の言葉に、

「わしも今、そう言おうとしていたところよ」

満足そうに頷いた。

——それにしても、あの父上がこれほど料理に興味があったとは知らなかった——

「女たちときたら、何でもかんでも糠漬けにする。魚にはそれぞれ、漬け床との相性というものがあるのを知らんのだろうか？」

　季成の言葉に季蔵は毎年秋から冬まで膳に並ぶことが多かった、秋刀魚の糠漬けを思い出していた。季蔵は〝男子たる者、厨房に入ってはならぬ〟と顔に書いてあった季成の目を盗んで、秋刀魚の糠漬けを作る手伝いをするのが楽しみであった。

　糠床は米糠、塩、唐辛子で作る。秋刀魚は頭と腸を取り、塩水の中に入れて一刻（約二時間）ほど置いて下味をつける。

　樽の底を糠床で埋め、水を切った秋刀魚を並べ、次に糠を載せる。これを樽が一杯になるまで繰り返す。

　このまま五日ほどしてから、秋刀魚に付いた糠床を水で洗い流し、七輪に魚網をのせ、両面を焼いて食する。

　糠に漬けたので水分がぬけてしまい、身がパサパサになりそうなものだが、かえって身が締まって旨味が凝縮する。細身ながら、濃厚な脂が持ち味の秋刀魚ならではのぎゅっと詰まった、旨味の真骨頂が実感できるのだ。酒の肴によし、身をほぐし、炊き立ての白い飯に混ぜて糠漬け秋刀魚飯にしてもいい。

——そうそう、他にもあった。わたしが長じてお役目をいただいた時、母上が〝これは一人前になった証の糠漬け秋刀魚料理です。父上がつきあい酒の後とか、調べ物があって遅くまで起きているような時、夜食にこれを食べたいとおっしゃることもあります。糠漬け秋刀魚飯に勝るとも劣らない美味しさですもの！〟と言って作ってくださったことがあった。それからしばしばねだっては作ってもらったものだ——

糠漬け秋刀魚飯を超えて美味いのは糠漬け秋刀魚茶漬けであった。ほぐして白い飯の上に載せた糠漬け秋刀魚に、刻み葱と柚子の皮を散らし、煎茶をかけて供する。

——今なら刻み葱や柚子の皮だけではなく、促成で育てられている青紫蘇の千切りを加えるのも粋な味だな。吞み助の多い塩梅屋で振る舞うにはうってつけだ——

夏には嫌というほど茂る青紫蘇ではあったが、冬場は障子を四方に張り巡らせて、温度が保たれる促成用の土の上で育てられる。このような冬場の青紫蘇は稀少なのでもちろん高く、始末な季蔵の母には思いもよらない取り合わせであった。

「それとね、江戸ならではの鯖漬けはやっぱりへしこじゃなく味噌だろう？」

季成の目は真剣そのものであった。この目ならよく知っていると季蔵は思った。

へしこについては長次郎が以下のように日記に書いていた。

へしこは、鯖や鰯、秋刀魚等の青魚に塩を振って塩漬けにし、さらに糠漬けにしたもので、若狭（福井県）や丹後半島（京都府）での越冬に欠かせない食として重宝されている。漁師が魚を樽に漬け込むことを〝へし込む〟と言うのだそうだ。〝漬け込まれた魚〟は〝へし込まれたもの〟であり、それが略されて〝へしこ〟となったという説がある。

——たしかに鯖は秋刀魚よりも癖が強い。塩と糠ではあの特有の癖には勝てないかもしれないな——

季蔵は生の鯖を味噌と酒、味醂(みりん)、砂糖、おろし生姜のタレで煮る、鯖の味噌煮が鯖料理では一番人気であることを思い出した。蔵之進も同様に思ったらしく、

「鯖の味噌煮があれだけ美味しいのですから、鯖の味噌漬けだってかなりのものだと思いますね」

相づちを打った。

「そうだろう？　鯖のための味噌床はね、気取って京風に白味噌を混ぜたりしないで、ごくありきたりの赤味噌でいいんだよ。これと合わせるのは味醂だけ。ここに鯖の切り身を漬けて二日、三日置いて、切り身に付いた味噌タレはさっとこそげるだけにしておいて、焦げないように気をつけて焼く。これを酢飯と一緒に押して鮨(すし)ネタにしても最高。美味いよ、美味いっ‼」

季成は大声を上げた。

「うちじゃ、拵えたことないんですけどね、ねえ」

世志江はひっそりと困惑気味に微笑(ほほえ)んでお琴に同意をもとめた。

「わしには料理の上手(うま)い女が居たんだ。作る料理もよかったが姿もよくて別嬪(べっぴん)だった。あの女はいったいどこへ行ってしまったんだろう？　あなた、知りませんか？」

季成は不安な表情で蔵之進に訊いた。

——何と父上に母上以外の女が？　まさか、そんな——

ここまで来ればもう、何を見ても聞かされても動じないだろうと季蔵は呆れた。

「こいつらが隠してしまったんじゃないかと思ってるんです。おい、そうなんだろ」

季成は世志江とお琴を血走った目で見据えた。

「それより、まだまだお得意の漬け魚がありそうですよ。是非、安くて美味い漬け魚を教えてください。できれば糠でも、粕でも、味噌でもないと代わりばえがしていいんですけど——」

蔵之進は季成の思い込みを漬け魚に転じさせようとした。

「えーっと、それなら、たしか塩と青物の鰯漬け——」

見事に季成の舵は別方向へと直った。

「へーえ、どんなものです？」

蔵之進は間髪を容れず先を促した。

——よかった——

季蔵はひとまずほっとした。

「えーっと、小イワシと刻んだ大根や三河島菜。これらを互い違いに重ねて塩漬けにしてたな」

三河島を中心として栽培されていた三河島菜は明治以降、外来の白菜に駆逐された、江戸期ならではの漬け菜の一種であった。

「やはり、秋に漬けて早春まで食べられるものですか？」

「塩漬けの小イワシは刻んで漬けた青物と一緒に鍋に入れ、豆腐や蒟蒻を足して炊く。これが冬場ならではの鰯なべじゃ。あつあつで身体が芯から温まる。今年はとりわけ、寒いからなつかしいよ。是非、もう一度食べてみたい。とにかく、売り物にならん小イワシを只同然で買って作る、節約に長じていただけではなく、食べ物を無駄にしない、料理上手のいーい女だったさ」

上機嫌の季成に、

「あたしたちもご相伴したくなりました、ねえ」

世志江はまた、お琴に同意をもとめたが、今度は明るく笑って、

「あらあら、あなたはわたしたちの知らない美味しいものを沢山、いつの間にか召し上がっていて、よくよく御存じなんだとわかりました。今まで知りませんでしたよ。ならば、これからは拵えてみてくださいな。この通り、お願いします」

季成に向かって頭を下げた。

「わたくしも楽しみでなりません」

お琴も微笑んで姑に倣った。

聞いていた季蔵は、

——秋刀魚の糠漬け同様、樽で漬ける鰯と青物の塩漬けは、我が家の年中行事のような

ものだった。鍋にすると辛すぎる鰯から旨味の塩気が出ていい塩梅の味になった。ということは、いい女というのは若き日の母上なのかもしれないな——知らずと頬が緩んでいた。

第二話　ももんじ指南

一

蔵之進と共に厨で得々と魚漬けについて一家言を披露していた季成が突然、

「いいか、季之助はもう死んだのだぞ、誰も懐かしがってはいかん。あやつはとんだ親不孝者、馬鹿者よ。誰か、刀を持て。この父が鷲尾の殿に代わって成敗してくれるぞ」

鬼気迫る大声を挙げた。

「どこだ、どこだ、季之助はどこだ？　死んではおらぬぞ、死んでなどおらぬわ」

厨の中からの足音が勝手口に近づいてきたので、あわてて季蔵はその場所を離れて屋敷の外に出た。

——老いた心に巣くう病を得た、父上はわたしのことを決して忘れてはいない。そして、堀田家を落ちぶれさせた元凶、嫡男だったわたしの出奔への責めと、案じる親の気持ちの間で今も揺れておられる。これもまた、さらなる親不孝というものなのだろうな——

季蔵は父が自分を覚えていてくれたと知ったさきほどの喜びが消し飛ぶのを感じた。

そのせいで、すっかりいちご鯨汁のことなど忘れて塩梅屋へと戻った。

三吉が頓狂な声で迎えた。

「あれえ、手ぶらあ？」

——そうだった、相手は誰であれ、とりあえずはあの要求に従って料理を拵えるために、材料を見繕いにと言い置いて、留守をしたのだった——

「実はな、先ほどは急いでいて知らせる暇がなかったんだが、先方様のご所望は少しばかり風変わりなのだ」

季蔵は脅しの文面が書かれている文は見せずに、紙に不可思議な料理の名を書いた。

「なになに、いちご鯨汁に、冬まつたけ、人参薬膳、大江戸大雪菓子だって？　何だよ、これ。いちご鯨汁っていちご汁と鯨汁の間違いじゃない？　冬にまつたけがあるとしたら干し松茸だけど、干したもんじゃ、網焼きには出来ないし、風味もいいとは言えないから、戻して飯や汁にしたって今一つだよね。人参薬膳の人参は朝鮮人参なんじゃないの？」

「そうだな。わたしも見当がすぐついたのはそれだけだった。探しに行った先は二軒とも薬種問屋だったのだが、選びかねている。匂いが強い朝鮮人参は滋養豊かな薬にはなるのだろうが、料理にはどうかなという気がするのだ。今一つぴんと来なかった」

薬種問屋に立ち寄ったというのは方便であったが、朝鮮人参に想いが行ったのは事実であった。ただし、この朝鮮人参を使ってどんな料理が出来るのか、全く見当もつかなかった。

——薬膳とはいえ料理である以上、美味でなければならないのだろうし——

「その上、トリは大江戸大雪菓子なんて、この寒さと大雪に凍えかけてる人たちもいるんだろうから、馬鹿にしてるよ。それにおいら、そうじゃないってわかってるけど、赤ん坊の頭ぐらいデカい大福しか思いつかない」

「たしかにな」

もとより季蔵は菓子作りはあまり試してきていない。

「嘉月屋(かげつや)の嘉助旦那(かすけだんな)なら知ってるかも」

三吉は、はたと手を打ち合わせた。

嘉月屋の主(あるじ)嘉助は菓子は食べるのも作るのも大好きな三吉が教えを仰いでいる菓子屋である。元々は季蔵が湯屋(ゆや)で意気投合した相手であり、

「たとえば上に黒豆が載ってる水無月(みなづき)っていう、三角の外郎(ういろう)菓子ですけどね、あれ、今は夏越祓(なごしはら)いに、過ぎた半年の穢(けが)れを祓い、来る半年の無病息災を願って食べるもんでしょ？　けれど、そもそもは凄(すさ)まじい日照りや洪水なんかの時のお供え物として作られたのが始まり。外郎なんかじゃなく、蒟蒻芋(こんにゃくいも)で作ったところもあるんですよ。そんな風に考えると、菓子と肴(さかな)や菜、飯の違いって、皆さんが思い込んでいるほど大きくはないとわたしは思っているんです」

独特な菓子観の持ち主であった。

「それにさ、旦那さんの新作のお菓子、ちょっと面白いんだ。季蔵さん、食べてみる？」

三吉は片袖にしまっていた紙包みを開いて、直径一寸（約三センチ）ほどの丸い狐色の平たいものを季蔵に手渡した。それには竹串で描いたらしい福笑いのお多福の顔が描かれている。

「見慣れないものだな。見かけは煎餅に似ているが――」

季蔵が思わず呟きながら口に運んだのは、昼賄いもそこそこに出かけてきて空腹だったからである。

「美味いっ。これは小麦粉と砂糖、菜種油、黒蜜で出来ている。固さは煎餅ほどではない」

「でしょ」

自分も頰張った三吉は、

「お多福の顔も工夫していろいろ変えてるんで、人気あるんだよ。何と言っても、煎餅ほどシケりやすくないんで、遠くの親戚とかに送ることもできるんだよ。とうとう芝居や寄席見物に持ってく女の人たちも出てきたくらい――」

「この菓子の名は？」

「お多福煎餅。あ、でも、旦那さん、ほんとはお多福クウクって付けたいんだって」

「まあ、その方が言い当てているな」

クウク（クッキー）とは南蛮菓子の一種であった。季蔵がクウクを知っているのには理由がある。前鷲尾家当主影親が長崎奉行を拝命していたこともあって、正室だった瑞千院は、出島を通して持ち込まれる南蛮菓子にくわしかった。試して拵えることもあり、家臣たちに分け与えられるそんな菓子の一つがクウクであった。

クウクは生地が膨れるのを待つパンと異なり、粉と砂糖、風味付けの黒蜜を菜種油でよくこねて平たく伸ばし、好みの型で抜いて焼くだけの簡単さではあったが、パン同様、石窯が要る。

「嘉月屋さんのとこ、石窯まで造らせたのもきっとこのためだよね。老舗だからといって、暖簾に胡坐をかいていてはいけない。どんどん新しいことにも挑戦しなくてはって、旦那さん言ってたよ」

それにしても石窯造りの費えはかさむはずだと季蔵は案じた。

――造らせた石窯のためにも評判をとりつつあるお多福煎餅を沢山売らないと。そんな時にこちらの大江戸大雪菓子の話などしては迷惑だろう。ああ、でも、嘉助さんには家族がいない――

三吉とほぼ同じ背丈しかなく、後ろ姿は十二、三歳ほどにしか見えない嘉助は、季蔵よりもやや年嵩であるにもかかわらず独り身であった。

――きっと、菓子作りだけが生き甲斐なのだろうから――

だとしたら、皆目、何だか見当がつかない大江戸大雪菓子について相談をしても応えてくれそうな気もしてきた。

――案外、面白がってくれるかも――

「大江戸大雪菓子のことはいちご鯨汁、冬まったけ、人参薬膳の後でいい。折をみて嘉助さんにお願いしてくれ。今すぐでなくていい。いいか、今日のところはいちご鯨汁だ、まずはこいつをやっつけないと、次には進めないことになっているんだ」

知らずと季蔵は常にない緊張の面持ちになったのだろう、

「それってもしかして、しくじって不味いもん拵えたらこれってこと？」

青ざめた三吉は手を首に当てた。

「まあ、相手は御大家様だからな」

季蔵はふうとため息をついた。

「やだ、やだ、おいら、やだ。こんなよくわかんないこと、押しつけてきて、お気に召さなかったら命取られるなんて酷すぎる」

三吉はしばらくおいおいと泣き続けた。

その間季蔵は嘉月屋同様、三吉が親しくさせてもらっている鶏屋が届けてくれた、余り物の鶏一羽を使った鶏団子鍋の夜食を調えることにした。

獲るのではなく、飼育する鶏は高いので、海老団子汁のように振る舞うことは出来なかった。だからこれはまさに二人だけの恩恵である。

鶏はすでに湯に漬けられて羽が毟られている。腹部に包丁を入れて胆の類は綺麗に取り除くが、皮は魚のようには始末せず、さっと茹でて冷ましてから、肉と一緒に当り鉢を使う。三吉が鶏屋の主に鶏皮にはたいそう滋養があるのだと聞いてきて以来、決して捨てず、肉と一緒に鶏団子にして食することにしている。

鶏団子鍋には鰹出汁を使う。皮を含む鶏の擂り身は魚類とは比べものにならないほど脂が多く、鰹出汁でないと、いくら鶏の擂り身に葱や生姜を加えて臭みを抑えても、旨味よりも先に臭みが鼻をつく。牛蒡や蓮根、人参等の根菜までも臭く感じる。季蔵はさらに胡椒と粉山椒も振り入れた。醤油と味醂、煎り酒も隠し味に用いている。そんな苦労もあってか、鶏団子鍋は美味いだけではなく、身体が温まる。訪れるはずの春が待たれてならない、この厳寒にはうってつけの濃厚な滋養鍋であった。

季蔵は鶏団子鍋の支度を始めた。

「いい匂いだねえ」

三吉はとっくにけろりと泣き止んでいた。

「おいら、お腹、空いたよう」

甘え口調の三吉は二人分の取り鉢と箸を並べた。

「鶏団子、煮えたか、どうだか、食べてみよーっと」

三吉はとうとう鍋の具を取るためのお玉を手にした。

「ちょっと、待て」

この時季蔵は店の前から裏木戸へと向かう足音を聞きつけていた。ひたひたひたひた――。

二

季蔵が烏谷の隠れ者であることを知る者がいてもおかしくなかった。隠れ者のお役目は知らずと恨みを買っている場合もあった。

――ましてあのような文が届いているのだから――

「外から誰かが中を窺っているようだ」

思わず洩らした季蔵の言葉を、

「まさか、ここに押し込んだって金目のものなんてなーんにもない。鶏団子鍋を盗みに来る奴なんていやしないよ」

何も知らない三吉は明るい。もとより三吉は隠れ者ならではの季蔵のような耳は持ち合わせていなかった。

「確かにそうだな」

頷いたものの、いい具合に煮えてきている鶏団子鍋に目をやって、

「おまえは先に食べてろ、わたしはちょっと見てくる」

季蔵は足音を忍ばせながら勝手口を出た。

ひたひたひた――。

足音が表の油障子の方へと遠ざかっていく。季蔵がそっと表へと向かうと、察したかのように足音が勝手口へと逃げる。向こうから追いかけて襲ってくる気配はない。これを三

度繰り返したところで、季蔵は突然、音もなくくるりと踵を返した。そのまま突進していく。相手の身体をがっしりと押さえた。はあはあと息を切らしながらもがく身体を羽交い締めにして引きずり、開け放したままにしておいた勝手口から中へ入れた。

「なになに？　やっぱり盗っ人？」

三吉が顔を覗かせた。

「荒縄を頼む」

「うん」

こうして夜更けて塩梅屋の周囲をうろついていた者は捕らえられた。

灯りの下で不審な男がぐるぐる巻きにされている。

「何、これ？」

三吉は首をかしげた。

男の年齢は三十歳前後、髷は武家のもので小袖に袴を着け、両刀を帯びている。

「季蔵さんって、双子だったの？」

その顔は季蔵に瓜二つであった。

「いや――」

季蔵は困惑顔になった。

以前季蔵は自分とそっくりの素顔を持つ義賊疾風小僧翔太と関わったことがあった。その時は助力を得ることが出来たが、相手が義賊と称して、お上の御定法を堂々と破る咎人である以上、常に味方とは限らない。

――三吉は疾風小僧翔太の素顔は知らないはずだから――

「まあ、世の中には自分とそっくりな顔の者が何人かはいるものらしい」

季蔵は苦笑し、

「おいらもそんな話、聞いたことあるよ。でも、よりによって、盗っ人に似てるなんて、こういうの因果っていうんじゃないの？」

三吉は気の毒そうに言った。

「わたしは誓って盗っ人などではありません」

初めて相手が口を開いた。丁寧な物言いであった。自分の顔が目の前に居る季蔵にそっくりな事実に三吉ほど驚いていない。

「けれども、とにかく腹が空いて空いて、いい匂いに惹かれてここへ来て、何とも離れられなくなったんです」

男は季蔵と三吉の顔を乞うように代わる代わる見た。

「それって、犬みたいだけど」

三吉は目を丸くした。

「犬と誹られてもかまいません。お願いです。鍋のものを少しいただけないでしょうか」

男は放心したかのようにじっと小上がりの方を見つめたまま、大きくぐうと腹を鳴らした。一度鳴ると止まらず、ぐうぐうと鳴き続ける。

「わたしにはしゃっくり同様、息を止めて腹の鳴りをおさめる特技があります。腹が鳴るのは恥ずかしいですから。とはいえ、もうここまでになると、幾ら息を止めても腹の虫はおさまらないのです」

ふうとため息をついたところで、男の口元が緩んで今度は涎が流れ出た。

「わかりました。まずは食べていただきましょう」

季蔵は相手の荒縄を解きにかかった。

「いいの？　大丈夫なの？」

三吉は案じたが、

「その代わり、お腰のものは預からせていただきます」

季蔵は両刀を相手の腰から外して棚の上に置いた。

箸と取り鉢を持った途端、男の食欲のタガが外れた。慌てて三吉も箸と取り鉢を手にしたが、所詮敵う相手ではなく、五十まで数え終わるか、終わらないうちに鶏団子鍋は汁一滴に到るまで無くなった。

季蔵はずっと相手の食いっぷりを見ていた。いわゆる犬食い、鍋を大きな取り鉢に見立てて、がつがつと掻き込んでいたわけではなかった。男の箸は目にも止まらぬ速さで動き、口までの運びも速くはあったが典雅そのものだった。その様子に季蔵は必殺剣でありながら形の美に拘る、不世出の剣豪の奥義を見せられているようだと感心した。焦りの余り、相手の箸にぶつかりがちだったのは三吉の箸の方だった。

「ああ、美味しかった、生き返りました。ありがとうございました」

男はあどけなく笑って深々と頭を下げた。

「そりゃあ、そっちはそうだろうけど」

三吉がまだ手にしている箸が宙を動いた。

「すみません、ほとんど一人で平らげてしまって、この通り――」

男は今度は三吉に向けて頭を垂れた。

「ま、こういうのは早い者勝ちなんだから、仕方ないんだけどさ」

三吉は腹の虫をぐうぐうと忙しく鳴かせている。

「鶏団子に使った鶏の胆類はどうしました？」

男は季蔵に訊いた。

「取り除きました」

「まだ、捨ててはいない？」

「ええ」

「それ、わたしにください」

「さしあげますが、どうなさるのです？」

――きっとまだ食べ足りないのだろう。しかし、あのようにクセのあるものをどうやって食べるのだろうか？　まさか、そのまま生で食べるのではないだろうが――

季蔵とて鶏や鴨の胆類を扱ったことがないわけではなかった。その時は先代長次郎が遺した料理日記に添って、牛の乳に一晩漬けて臭み抜きをした。牛の乳の入手はたやすくはなかった。ゆえに、季蔵にとって、鶏や鴨の胆類の料理は特別な処理を必要とする、未知の料理に等しかった。

「夢中だったとはいえ、鶏団子鍋を食べてしまったお詫びに、美味しい一品を作らせていただきます」

男は慣れた仕種で襷掛けをした。

「厨を使わせていただきます」

男は目ざとく笊に除けられた鶏の胆類を見つけると、

「水が要り用です」

小盥を手にして水を汲みに裏手へと出て、なみなみと井戸水を満たして戻ってきた。

この後、男は出刃包丁の切っ先を器用に動かして、笊の中の胆類の脂を取り除き、ハツ（心臓）を半分に切って、どろりと流れ出た血の塊を流しに捨てた。

次にこれを笊ごと小盥の水に浸け、胆類が傷ついて壊れたりしないよう、ゆっくりと振るように洗う。

「心の臓や砂肝の他の胆は柔らかなので、撫でるように洗ってやるんです」

そう呟いた男は、胆類を入れた盥の水に血の色が滲まなくなるまで井戸と厨を行き来した。

——なるほど。鶏の胆類とて下拵えは牛の乳だけではなかったのだな。盥の水を何度も取り替えて臭みを抜くやり方は、魚の料理、特に刺身等と同じだ——

季蔵が気がついたままを口にすると、

「そうです、そうです」

相手は笑顔で頷いて、

「血や脂を残してしまうと臭って不味く感じます。鳥獣は魚より脂がずっと多いので、牛の乳を使うのが便利なのですが、手許にない場合はこうして清め続ければいいのです」

鳥獣などという、聞き慣れない言葉を交えて話した。

「布巾ありますか？　できれば二枚」

何度も水洗いされた笊の中の胆類は、優しく一枚の布巾に包まれて水気を切られ、ついでもう一枚に移されてさらに優しくそっと包まれた。

その後、醬油と酒で下味を付ける。これも胆類に触れる指が絹地にでもなったかのような優しさだった。

「ここで千まで数えます」

男は数えながら、

「揚げ物に使う鍋はこれですね」

やや深めの鍋に胡麻油を注いで火に掛け、葱のみじん切りと醬油、酢、少々の味醂でタレを拵えた。

数え終えたところで、布巾の中の胆類に片栗粉を綺麗にまぶすと、胡麻油が香っている揚げ物鍋へと落としていく。慈しむかのような手つきで使う菜箸で表裏を揚げ、あつあつのところを出来上がっているタレに漬けて混ぜ込む。

「わ、鶏胆の唐揚げ」

三吉が歓声を上げた。

三

「というよりも、鶏胆の南蛮漬けではないかな」

季蔵は三吉の命名を改めた。南蛮とは葡萄牙や西班牙のことであり、種子島に葡萄牙からの船が漂着したのを機に、九州一帯に南蛮文化が流入してきた。これが料理にも波及して、揚げたての小鯵や鰯を酢醤油に漬ける新しい料理法を南蛮漬けと呼ぶようになったと、先代長次郎は料理日記に書き記していた。酢が用いられるので塩漬けや発酵同様、保存食ともなり、根づいて重宝されてきたという。

「たしかに」

男は大きく頷いて、

「南蛮ではこれをエスカベッシュと呼んでいるようです」

耳慣れない言葉を慣れた発音で口にした。

「え、何だって？　エスカベ――？」

三吉は目を丸くし、

「揚げて酢に漬けるとエスカベッシュ、生の新鮮なものに酢や油をかけるとカルパッチョ、あちらではどちらもマリネの仲間です」

相手は淡々と説明を始めた。

「それとこれには使いませんでしたが、小魚の南蛮漬けに輪切りの唐辛子(とうがらし)を入れることがあるでしょう？　酢と唐辛子を合わせるのは泰(タイ)や爪哇(ジャワ)、比律賓(フィリピン)等の南国の料理法なのです。正確に言うと南蛮漬けとは、これらの南国料理に葡萄牙や西班牙の料理法が加わり、こちらへ伝わって、さらに漬けるものも丸揚げする小魚とされ、醬油等が加味された独自のものなのです」

「おいらたち、元は海を越えて遠く離れたとこの料理だったのを工夫して食べてるんだねえ」

三吉は感慨深げに言い、

「あなたの大した蘊蓄(うんちく)に驚かされました。いったいどこで料理の修業をされたのです？」

季蔵は訊かずにはいられず、

「まだ、お名前を伺っておりませんが――」

相手を促した。

「名乗るほどの者ではありません」

男の顔から潑剌(はつらつ)とした輝きが消えた。

「まあ、そうおっしゃらず。あなたにはまだまだ教えていただけることが沢山ありそうですし——。それではわたしたちの方から名乗りましょう。塩梅屋の主季蔵と手伝いの三吉です」

「わたしは——」

一瞬言い淀(よど)んだ相手は、

「菅原道之介(すがわらみちのすけ)と申します」

「どちらの御家中ですか？」

「いや、それは——」

菅原道之介はこれ以上は何も言いたくないという意思の代わりに、一度唇を真一文字に引き結んでから、

「温かいうちに食べてください」

鶏胆の南蛮漬けを三吉に勧めた。

「わーい」

三吉は早速箸を使って、

「美味ーい。鶏団子も美味しいけど、こっちの方が風味が深いや。臭みと風味ってもしかして、紙一重なのかも。けど、鶏胆って鶏一羽にちょびっとしかないんだよね。おいら、もっと食べたーい。今度、鶏屋のご主人におねだりして、残った鶏胆、貰(もら)ってきてどっさり拵えて食べたいっ」

無邪気に歓声を上げたとたん、また腹が鳴った。

「次はわたしも食べたいから鶏屋の主によろしく伝えてほしい。それとわたしは鶏団子一つ胃の腑に入れていないし、おまえもまだ腹が足りてないようだから、あり合わせで飯物を拵えるとしよう」

厨では季蔵がすでに仕掛けておいた醬油ご飯が炊き上がりつつあった。菜になるものが何もない時に作られることの多い塩梅屋の醬油ご飯は、昆布出汁、鰹出汁、醬油、酒、隠し味の煎り酒で飯を炊く。これに海苔があれば炙ってもみ海苔にして振りかけたり、平たい鉄鍋で炒り直した胡麻をたっぷりかけたり、削り立ての旨味が詰まったおかかを混ぜ込んだりする。揃っていればこの全部をかけたり、混ぜたりすることもあるのだが、たった一種類のこともある。まさにあり合わせ飯であった。

「今日は塩鮭があってよかった」

鮭の新巻がまだ残っていたので、季蔵はおかかを醬油ご飯に混ぜ込んで飯茶碗に盛りつけた。この後、丁寧に焼いて小骨を除きつつ、身をほぐした塩鮭を上に載せ、もみ海苔をかけて、小指の先ほどに切った茹でた小松菜の葉と茎を飾った。

「さすが、季蔵さん、おいら、こいつだけは、何度食べても飽きないんだよね。それにいくらでも食えちゃう」

三吉は季蔵が飯茶碗に盛りつけて渡したおかか鮭飯を掻き込みはじめた。

この時、

「何とも美味そうだ、ああ――」

道之介がごくりと生唾を呑んだ。

「よろしかったら、おかか鮭飯、あなたもいかがです？」

「有り難いっ」

道之介は一瞬目を輝かしたものの、

「でも、鶏団子鍋をほとんど一人で食べてしまったので、これ以上の無心は恥じ入るところです」

すぐに目を伏せた。

「あり合わせで拵えた飯です、遠慮には及びません」

「実はこのところ、何日も水だけで過ごしてきたので――」

道之介は先を続けかけ、はっと気がついて止めた。

「何も言わずともいいのです」

季蔵は励ますように言った。

主家を出奔した後、手持ちの金を使い果たし、空腹の余り、市中の饅頭屋で盗みを働きかけたことを思い出したからであった。

――あの時通りかかった塩梅屋の先代、とっつぁんが饅頭代を払ってくれなければ、番屋に突き出されて今頃はどうなっていたことだろうか――

「人には言いたくないこともありますから」

先代に急場を助けられた季蔵は、勧められて料理人の修業を始めたのだったが、侍だった頃の過去の経緯は、恩人の長次郎にもすぐには話さなかった。主家からの出奔は追っ手がかかれば、忠義に反した咎により見つかり次第、斬って捨てられる。

──もしや、この人にも言うに言われぬ事情があるのやもしれない──

季蔵はあの時の自分に姿、形だけではなく、口に出来ない事情まで似ているような気がした。

「わたしが、あり合わせで拵えた飯を、空腹ゆえなのでしょうが、あなたのような食に通じた方に褒めていただけてうれしいです」

季蔵は恐縮の意を示した。

──わたしとの違いは、この男が珍しい鶏胆の料理を拵えることができて、南蛮料理の蘊蓄にも通じているという事実だ。いったい、この男は何者なのだろう？　ただの料理人なら武家に仕えていたとしても、侍髷で両刀を差してはいないだろうし──

季蔵は相手の正体を知りたい好奇心をやっとのことでねじ伏せて、

「さあ、食べましょう」

道之介の飯茶碗におかか鮭飯を盛り付けて渡した。

「たっぷりあるので、沢山食べてください」

季蔵自身も箸を取り、それからしばらく沈黙が続いた。道之介が五碗目の飯茶碗を手にした時、四碗目の最後の飯粒を口に運んだ三吉が、

「菅原さんに負けて口惜しいけど、おいら、もう食べられない。ちょっと休ませて」

ごろんと小上がりの畳の上に横になった。

「そんなところで寝ると風邪を引くぞ」

季蔵は二階から夜着（掛け布団）を持ってきて掛けると、

「おいら、眠らないよ、休むだけ。眠っちゃったら、大事ないちご鯨汁のこと、考えたり、拵えたりする手伝いできないもん。季蔵さんに悪い、悪い。塩梅屋の名折れ、名折れ」

一度は掛けられた夜着を撥ね退けたものの、すぐにまた掛けられると、ぐうすうと気持ちよさそうな寝息を立て始めた。

すでに刻一刻と刻限は迫っていた。三吉を寝かしつけた季蔵の表情は固く、眉間に皺が寄っている。ふらふらと家を抜け出た父季成が突然、袈裟斬りにされて血塗れになる様子が目に浮かんだ。堪らない――。

――これは悪い幻に過ぎない、幻だ、幻――

大きく息を吸い込んだ季蔵が宙を睨みつけながら、何度も頭を振って自分に言い聞かせていると、道之介と目が合った。

「名折れとはまた、大変なことのようですね」

道之介の言葉に、

「ええ、実は――」

季蔵は三吉に説明したのとほぼ同様の方便混じりの話をした。いちご鯨汁、冬まったけ、人参薬膳、大江戸大雪菓子という、皆目見当がつきかねる料理を身分の高いさる筋から頼まれている――。もちろん、誰だかもその目的もわからない相手が、絶縁している父親の命と引き替えにしているという事実は伏せてある。

「もしかしたら、これらの料理は秘密裡にどこぞのお家で受け継がれてきた、矜持と伝統の味ではないかと――。料理だけではなく、蘊蓄にも長けたあなたなら御存じではないでしょうか」

先ほどから道之介の正体が気掛かりでならなかったのは、境遇が似ているようだと感じただけではなかったのだと、この時季蔵はやっと気がついた。

――わたしはこの男に知恵を求めている。しかし、この男がこれらの料理にも通じていたとしたら、それはこの男があの文を出した張本人だからだと考えても、おかしくない。だとしたらなぜ今、わたしの目の前に居るのだ？　わたしの動きを見張るためか？――

相手の応えを待つ季蔵は、この寒さだというのに全身から冷や汗が流れるのを感じた。

四

「へえ、そんな鯨料理があったのですか？」

道之介は無邪気に目を白黒させた。

「鳥獣料理に通じているようなので当然、鯨料理もよく御存じではないかと――」

季蔵は期待が外れた失望感よりも安堵の気持ちでもう一押しした。

——あの脅しとは関わりがないらしいこの男に、いちご鯨汁がどんなものか、何とか読み解いて欲しいものだ——

江戸市中では鯨喰が盛んであった。ただし誰でも知っている鯨料理は鯨汁である。鯨のたっぷりな肪で身体が温まる鯨汁は、年末の煤払いや冬場の夜鍋に食されるだけではなく、松尾芭蕉が〝水無月や鯛はあれども塩くじら〟と詠んでいるように、夏負け予防の特効滋養食でもあった。この汁には冬は大根、牛蒡等の根菜、夏には冬瓜や茄子等の青物が鯨と合わせられる。

「ここの品書きに鯨汁はないのですか?」

道之介に訊かれた。

「ええ、鯨汁はお好みの味の幅が広いですし、お客様それぞれの味、郷里の味に差がありますし、これを窮めてきた店もありますから」

泥鰌鍋屋（柳川鍋屋）では泥鰌鍋と同じ値で、一番小さな魚料理の泥鰌鍋から洒落て、一番大きな魚の鯨汁を供していた。

「鯨汁の胆は塩鯨の扱いです」

道之介は言い切った。

鯨汁には塩漬け保存の塩鯨が使われる。塩クジラはホンガワ（本皮）と呼ばれている鯨の黒い表皮と皮下脂肪層であった。〝鯨九十九日〟と称されているようにこの塩鯨は常温でも永く保存が利く。

頷いた季蔵は塩鯨と鯨汁について書き遺された先代の料理日記の一文を思い出していた。

「たしかに」

皆が好むもので比較的安価な料理ほど、客を美味いと唸らせるのはむずかしい。その一つが鯨汁だ。好みが分かれるものなのでとりあえず長次郎流を記しておく。

・塩鯨は黒い皮を付けたまま、縦一寸三分（約四センチ）、横七分（約二センチ）、厚さ小指の先ほどに切り揃えておく。量は椀一杯に五～六切れ位が適当と思う。この量が多すぎると脂っこく、根菜や青物までべたつくと感じるのだが、寒さが厳しい奥州等の北国から江戸に出てきたお客様の何人かは、鯨汁の中に、ごろごろ入っていた塩鯨を食した時の思い出をしきりになつかしがっていた。やはりこれは好みの分かれる物なのだ。

この塩鯨を鍋に入れて、四半刻（約三十分）以上中火で茹でる。大きめの別鍋で食べやすい大きさに切った時季の根菜や青物を鰹の出汁で煮ておく。この時の青物だが時季を問わず、小松菜等の葉物は合わない気がする。葉物だと塩鯨の脂がつきすぎて美味くない。おそらくこれも好みだろう。わたしなら蓮や南瓜を勧める。

塩鯨を根菜、青物の鍋に煮汁ごと入れ、塩と醤油で味を調える。別々に調理したおかげで、濃厚にしてさっぱりとした味に仕上がる。江戸っ子好みがこれなのだ。間違いない。これを一日寝かせると、塩鯨と根菜や青物との渾然一体となった、何とも言えない深みのある味わいが楽しめる。

あと、これは鯨汁ではないが、塩鯨を使った料理の晒し鯨なら、まず、失敗はあり得ないので以下拵え方を記しておく。

・塩鯨を薄く切って熱湯をかけ、冷水にさらして塩気を抜いた後、甘酢味噌等で食べる。

ただしこれは誰でも簡単にできてしまうので、わざわざ品書きにするほどのものではないかもしれない。

季蔵は先代が記していた内容を道之介に伝えた。

「たしかにその通りです」

道之介は大きく頷いて、

「ですので、いちご鯨汁はよく知られている車海老使いのいちご汁でも、塩鯨を使った味が多様な鯨汁でもないと思います。もっともっと美味なもので、それゆえ、所望されているお方は、もう一度是非とも食べたいと思っているのでは？」

きらきらと目を輝かせつつ、うーむと両腕を組み合わせた。

「あなたのことですから、さまざまな料理書にも通じているはずです。お心当たりはありませんか？」

季蔵は切羽詰まった物言いになっていた。

「九百年位前の『倭名類聚抄』、足利将軍が君臨していた時の『四条流庖丁書』、そして何年か前の『鯨肉調味方』等の料理書に鯨料理が幾つか載っていますが、これらの中にいちご鯨汁などという名のものはありません」

きっぱりと言い切った道之介に、

「それではあなたが美味いと太鼓判を押される鯨料理を教えてください。興味を持たれているものでもかまいません。名は違っていても、いちご鯨汁に近いものがあるやもしれませんので」

季蔵はさらに迫った。

「わたしは鯨の小ひげの刺身が好きです。小ひげと呼ばれている鯨の歯茎を、生のまま薄く切り、醤油や煎り酒等につけて食すと淡泊で美味しいです。それから、晒し鯨ですが、多く出回っている塩鯨で拵えるよりも、ぷりんとした食感の尾ひれの塩漬けを使った方がより美味です」

応えた道之介に、

「もしや、いちご鯨汁へと行き着くためには、馴染(なじ)みのある塩鯨ではなく、鯨の食べられる部位について、もっといろいろ知る必要があるのでは？　あなたなら知っているはずです」

季蔵は乞う必死な目になった。

「なるほど」

頷いた道之介が、

「なにぶん、鯨は大きいので食べられる部位はかなりの数になります」

筆を取る仕種をしたので急いで季蔵は筆と硯、紙を揃えて卓上に置いた。

「お願いします」

「わかりました」

道之介は見事な手跡で鯨肉について以下のように書き記した。

サエズリ（舌）　高級部位。全体に脂が多い。刺身で食す。

オバ（尾羽、尾ひれ）ぷりんぷりん。〝おばけ〟とも呼ばれる。塩漬けにして、晒し鯨に用いる。

オノミ（尾の身）尾ひれの付け根の霜降り肉。霜降りの程度が絶妙なほど高級。鯨の種類によって霜降りのある、なしが決まる。この刺身は食通たちの大いなる楽しみ。煮付け、鋤焼き、はりはり鍋（鯨肉と水菜を用いた鍋料理の一種）にも向く。

ヒメワタ（姫腸）　食道、茹でて食す。

ヒャクジョウ（百畳）　胃の腑、茹でて食す。

ヒャクヒロ（百尋）　小腸の腑、茹でて食す。

マメワタ（豆腸）　腎の臓、茹でて食す。

フクロワタ（袋腸）　肺の臓、煮物のほか、生食も可。

カラギモ　肝の臓、あまり食さない。

ホンガワ（本皮）　表皮とすぐ下の肪の層、刺身のほか、塩鯨にして鯨汁、味噌汁。

カノコ（鹿の子）　あごから頬にかけての関節周辺の肉で、鹿の子状に霜降りの入ったもの。尾の身より歯ごたえがある。刺身で食す。

アカニク（赤肉）　背肉、腹肉などの脂の少ない部位。赤身肉。最も多い部位であり、刺身、揚げ物にして食す。

コヒゲ（小髭）　歯茎、薄く切って刺身に。

カブラボネ（蕪骨）　上あごの骨の中にある柔らかな骨。干してホリホリと称される鯨熨斗(のし)にする。

タケリ　陰茎、薬効があるとされている。

道之介が筆を使うそばから読んでいた季蔵は、

「教えていただいていて、思いついたのですが、いちごとあったのは、いちご汁でいちごに見立てる、車海老の団子のような料理法という意味ではないかと。このところ、塩梅屋(うち)では昼賄いに団子汁を商って、皆さんに喜んでいただいておりますし――」

ふと洩らし、相手はこちらをずっと窺っていたのだという言葉は呑み込んだ。

「わたしも鯨汁とあったのは鯨肉を使った汁料理という意味合いで、伝えているのは素材の限定なのだと思いました。ぱっと頭に浮かんだのはあの浮世草子作家井原西鶴(いはらさいかく)が書いていた、京で味わったという、真(まこと)に典雅な鯨の吸い物です」

きらきらした目で道之介も言い添えた。

「ということは、叩いて団子にして美味しい鯨肉の部位はどこがいいかですね」

季蔵はもう一度、紙に書かれている鯨の部位を睨んで、

「野鳥の鴨や鶉、飼われている鶏には、適度な脂が胆以外の全身に乗っているので、団子に叩いて料理に用いても美味しい。しかし、これだけ部位ごとに脂の乗りや肉質が異なる鯨の場合、鳥類に似ていて申し分がないのは、霜降りの尾の身や鹿の子だろうか？」

独りごちたものの、確信は持てなかった。鯨のこれらの部位をまだ目にしたことがなかったからである。

五

「市中で塩鯨以外の鯨肉が売られているのを見たことがありますか？」

察した道之介が訊いた。

「いえ、ありません。鯨漁が盛んなのは上方です。尾の身や鹿の子等、稀少にして上質な生の鯨肉は、常時、捕獲した上方から海産物問屋の氷室へ運ばれてきているのだと、知り合いの廻船問屋の主から聞いたことがありますが――」

元は噺家松風亭玉輔で父親の不慮の死により、噺家を辞め、家業を継いだ長崎屋五平から、

「以前、鯨喰の食通に頼まれて、刺身や鋤焼きに出来る上等の生の鯨肉を常に得られるよう、上方の鯨商人に掛け合おうとしたことがありました。かなり粘ったんですが駄目でし

た。鯨商いでこちらが分け入ることができるのは、棒手振りの魚屋さえ売って歩いている、塩鯨だけなのだと思い知りました。お宝の鯨肉様は今でも変わらず、市中にあるどこぞの氷室の中にちんとおさまっておいでなのでしょうよ。口惜しいったらありません。とはいえ、何しろ人が岩穴に住んでいた頃から鯨は食べられてましたからね。商いも底知れず深いんです。きっと料理も同様でしょう。せめてもの意趣晴らしに、いつか、鯨商いと鯨喰を掛け合わせた噺をしたいと思っています」

　という愚痴混じりの話を聞かされたことがあった。

「その通りです。そもそも鹿の子は一頭の鯨からとれる量が少ないですから。獲られている鯨は小型のものが多く、尾の身に至っては、よほど大きなものでないと霜降りの部分がありません。まさに一年に何度も獲ることも、食することもできない幻の鯨肉なのです」

「叩いた団子にするやり方で、これに代わる部位はないのでしょうか？」

　季蔵は訊かずにはいられなかった。

「とかく、鯨肉の大半を占めるアカニク（赤肉）は、次に多くとれるシロデモノ（白手物、脂を多く含む部位の総称）よりも不味いとされてきました。本当なのでしょうか？」

「ええ、たぶん」

　季蔵は相手の真意がはかりかねた。

　——まさか、アカニクを使えなどと言うのではないだろうが——

アカニクについて、長次郎は料理日記の中で以下のような憤懣を洩らしていた。

ある筋からアカニクが多量に入ってきたからつきあえと言われて、少しばかりもとめてみた。匂いが強いので刺身で食する気はしなかった。揚げ物なら何とか食べられるのではないかと思い、臭み消しにたっぷりのおろし生姜の入った醤油と酒に一晩漬けた。小麦粉をまぶして揚げてみたが、やはり臭いが気になった。鶏の胆類より酷い。アカニクはもう、どうにもならない。やはり、鯨はシロデモノの塩鯨なのだ。

季蔵は長次郎の感想を道之介に告げると、

「アカニクが不味いと言われているのは傷みやすいからです。鯨獲りの事始めは稲に群がる蝗（いなご）の害を防ぐためでした。鯨から搾（しぼ）り取った鯨油を田に撒（ま）き、水面に膜を張り、蝗を遠ざける駆虫法で、これで米の出来高は飛躍的に伸びました。腐りやすい鯨肉はアカニクだけではなく、全（すべ）て沖合に捨てられていたこともあったのです。鯨肉が精のつく滋養食として広まったのは、白い脂身だけを塩漬けにして腐りにくくし、シロデモノとして広めた鯨商いが確立してからのことでしょう。脂は他のものが一切入っていなければ、腐りにくく、さらに塩漬けにすれば長く保存ができますから。ところで脂の多いやや白っぽい薔薇（ばら）色の鮪（まぐろ）の部位はとかく市中では敬遠されています。犬も食わないとも言われて、肥やしにされています。これをあなたはどう思っていますか？」

相手は逆に卑近な例を挙げて問い掛けてきた。

「おっしゃった鮪の部位は刺身にして食べてもたいそう美味です。ただし、新鮮であればの話です。脂が血肉に多く絡んでいる魚は、鮪、鰹、鯖等。どれも獲ってすぐに食すれば、どこもかしこも驚くほど美味しく堪能できるのですが、鰺、鰯のような手軽さはありません。これらの魚は大型ですので、一度に一尾丸々を食することなどできない上に、そもそもが脂が多く、傷みやすい魚ですので、もとめる折には誰しもが迷いがちになります。初鰹は別格ですが、とかくこれらは売れ残りやすくなり、特に鰹節や干物に出来ず、一番人気のない鮪は時に肥やしになる羽目に陥るのです。何とも勿体ないことだとわたしは日頃から思っています。捨てられて臭いだしている鮪を見ると、こうなる前に何とかして、わたしのところへ廻してほしかったと思わずにはいられません」

季蔵は思っているままを口にした。

「鮪とは比較にならないほど大きな鯨も同様です。アカニクよりも腐りやすい霜降りの尾の身や鹿の子が、市中の氷室に眠っているのだとしたら、新鮮なアカニクだって運ばれてきているはずなのです。鯨喰長者の中には、脂の多い食べ物を禁じられている年寄りたちもいますから。そして、鮪獲りは漁師たちと網元との単純な縄張りにすぎませんが、これを長く手がけてきた商人たちによる鯨漁の方は、もっと沢山の人たちが関わっています。獲れたての鯨をあっという間に捌いて、遠方へと運ぶことなど朝飯前なのです」

「新鮮なアカニクがこの江戸で入手できるとおっしゃるのですね」

季蔵は驚きの面持ちで念を押した。

「ええ、もちろん」

道之介は大きく頷いた。

「菅原様なら売ってくれるところを御存じですよね、ああ、でも、もうこんな夜更けでは――」

季蔵は頭を抱えた。

――もっと早くこのことを菅原様に切り出していたら――いや、それでも駄目だった、菅原様の足音を耳にした時はもう、とっくに日は暮れてどんな店も仕舞っていた――、刻限は迫っている、ああ、どうしたらいいのか――

「わたしがもとめてきましょう」

道之介は笑顔でさらりと言い放った。

「こんな夜更けに？」

「大丈夫です。どんな贅沢よりも食に関わっての贅沢は待ったなしの我が儘なものです。食通長者を見込んで夜通し、店の一部を開けているところはこの江戸にもあるのです。わたしに任せてください」

道之介はすいと立ち上がった。

「せめてお代を」

慌てて季蔵が金子を渡そうと手文庫に手を掛けると、

「要りません。先ほど、腹一杯になるまで飯を頂きました。そのお代を払っていませんし、失礼ですがそこにあるだけでは足りぬでしょう。お気持ちだけいただきます」

道之介は軽く頭を下げた。

「しかし、それではあまりに申しわけない」

季蔵は知らずと相手よりも深く頭を垂れていた。

「あなたはよほど困られている。それぐらいはわたしでもわかります。行ってきます」

道之介は戸口へと歩きかけた。

「ならば、せめてもこれを」

季蔵は道之介から預かった両刀を返そうとした。

――菅原様は相手の心配事に気が付くほど、追い詰められている。理由は知れないが夜道は危ない――

「無用です。わたしは剣術などろくにできません。強いられて飾りで腰に差しているだけですから」

にっこり笑うと、油障子を開けて、塩梅屋を出て行った。

道之介に断られた季蔵は両刀を抱えると、道之介の後を気取られないように尾行た。雪がまた降ってきていて、相当に寒いはずなのだが、ぴんと張り詰めた緊張のせいでさほど気にならない。

――何としても、菅原様を守り、アカニクを手に入れなければ――

途中、両刀を帯に差して、いつ襲いかかられても対峙できるよう構えた。

──何と菅原様は夜通し店を開いていて、馬鹿に高い食材が売られている所を知っているだけではなく、掛けでもとめることができるのだ。きっとそれも、何日か追われて飢えかけ、今夜、塩梅屋の近くをうろついていた理由の一つなのだろうが──

道之介は剣術は不得意だと言ったが足は速かった。季蔵は塩鯨を売ることもある、両国のももんじ屋や、小網町に立ち並ぶ海産物問屋あたりに目星をつけていたが、何と道之介の足は日本橋界隈から離れた谷中を目指していた。

道之介は山門を潜り抜け、雪が降り積もった境内を歩いて行く。道之介は寺の庫裡へと回った。庫裡には薄明かりが点いたままになっている。

道之介の手が庫裡の入り口の戸に掛かるのと、背後で季蔵が、

「開けては駄目です」

鋭い声で止めて、

「ここへ」

季蔵がいることに驚いている道之介を素早く南天の茂みの中に引き込んで隠したのとはほとんど同時だった。

季蔵は静かに刀の鞘を払った。庫裡の戸が音を立てて開けられると、侍たち数人が刀を手に季蔵を取り囲んだ。

「栄二郎様、お命頂戴致す」

白髪混じりながら精悍な顔つきの男の指示に、まず若い一人が季蔵に挑んだ。

「お命頂戴」

季蔵は相手の刀を刀で受けるかに見せて、すっと斜めに構え直し、相手の刀を振り払った。宙を飛んだその刀は積もった雪の中に深々と埋まった。

「お命頂戴」

「お命頂戴」

侍たちは次々に向かってきた。しばらくの間、雪明かりの中でぎらりぎらりと輝きつつ、刀と刀のぶつかり合う重い音だけが鳴り響いた。相手は多勢で立ち向かってきたが、降ってくる刀を瞬時に躱して撥ね飛ばしていく。浅く雪が積もった場所に滑った刀の累々は、まるで刀の屍のようだと思う余裕が季蔵にはあった。

「こんなはずでは――」

脇差しまでも失って丸腰になった侍たちは唖然として立ち尽くしている。精悍な顔つきの男がとうとう脇差しを抜いた。すでにこの男の長刀は雪の中に突き立っていた。

――最後のこの脇差しまで雪に埋もれさせてしまってはこの先、示しがつかぬことだろうな――

この時、季蔵は相手方はこの場から退くと察した。

「栄二郎様、いつの間にこのような腕前に――」

男は口惜しそうに呟いて、

「今日のところは仕方あるまい」

侍たちに刀を拾わせて去っていった。

六

「もう大丈夫ですよ」

季蔵が南天の茂みに向かって声を掛けると、姿を見せた道之介は、

「刻限までさほど時がありません、急ぎましょう」

開けたままになっている庫裡の入り口から中へと入った。

「栄二郎様、よくご無事で」

庫裡の壁の向こう側から声がして、壁の続きに見えていた一隅が一瞬ぽかりと四角い闇となり、墨衣を着た小柄な男が姿を見せた。

――何と地下へと続く隠し扉があったとは――

季蔵は驚愕した。

「御坊も無事で何よりだ」

道之介が案じる言葉を返した。

「いやいや、こちらは年季が入っておりますからな」

住職は空模様の話でもしているかのように平静なまま、

「アカニクでございましょう？」

地下に続いている階段の方へ誘う仕種をした。

「ここはアカニクと決まっているゆえな」

道之介が応え、季蔵は二人の後について地下の氷室へと下りた。外が雪なので寒さ、冷たさはさほど感じられない。

アカニクの血の匂いが籠もっている。もちろん腐臭ではなく新鮮な血の匂いであった。

住職はおだやかな笑顔で、

「一昨日安房沖で獲れて、昨日届いたばかりの良いものがございます」

商人のような物言いをした。

「それでは見繕わせて貰おう」

道之介はアカニクが保管されている箱を次々に開けて、鋭い目を向けた。

こうして季蔵は極上のアカニクを手に入れることができた。

この後、

「危ないところをお助けいただきありがとうございました」

道之介から丁重に礼を言われ、

「何をおっしゃるのです。こちらのいちご鯨汁のためにここまでご尽力いただいて、お礼の申し上げようもありません」

季蔵も頭を垂れた。

「いやいや、あなたがいてくれなかったらわたしの命はありませんでした」

「それはこちらのために菅原様が――」

さらにお礼の応酬が続きそうになったところで、

「いちご鯨汁には時がありません。なのでこの話は後にして、まずは帰り着いていちご鯨汁を拵えてからにしましょう」

季蔵の提案に道之介が頷き、二人はひたすら走り続けた。

この折、

――魚とて殺生の禁を理由に関わらぬ、食わぬのが仏に仕える身の常だというのに、魚と称されてはきたものの、獣肉に近いと言われている鯨肉の商いをしているとは呆れたものだ。だが、わたしが今まで知らずにいただけのことで、これが案外、世の表と裏、建前と本音なのかもしれない。住職はきっと先ほどのような修羅場にも慣れているのだろう。死者が出ても供養には事欠かない場所ではあるが――

季蔵は住職の笑顔を思い出してぞっとした。

二人は塩梅屋の近くまで来ていた。

「これは菅原様、あなた様がお持ちください」

季蔵はひとまず両刀を道之介に返した。

――三吉にこの事情を何と伝えたものか――

思案しながら油障子を開けると、

「どこ行ってたの？　起きたら二人ともいないんだもん、心配したよ」

まどろみから醒めた三吉が飛びついてくる勢いで迎えた。

「実は菅原様に夜釣りに誘われたのだ」

「こんな寒い雪の日に夜釣り？」

三吉は不審な目になった。

「こんな日の夜釣りの場だからこそ、鯨の上等な赤身肉が売られているものなのです。寒さが日持ちに味方して、質が落ちず、なるべく高く売ることができますから」

示し合わせていたわけではなかったにもかかわらず、道之介は的を射た応えをした。

「夜釣りのことはわかったけど、どうして、今、鯨の赤身肉なの？　あれ、安いことは安いけど、臭くて不味いって言わない人いない、酷い代物だよ」

三吉は首を傾(かし)げた。

そこで道之介は鯨の新鮮な赤身肉こそ、京風の鯨の吸い物に近いと想われる、いちご鯨汁には欠かせない鯨肉なのだと説明した。

「あ、じゃ、それ、脂の多い白っぽい鮪と同じことなんだね。おいらさ、一度、季蔵さんに食べさせてもらったことあるんだよ。あれ、獲れたての生だと馬鹿に美味い。醤油なんていらないくらい、塩だけで食べられる。なーんだ、鯨のアカニクも似たようなもんだったんだね」

三吉がやっと得心し、三人はいちご鯨汁作りに取りかかった。

「さすが鯨、たやすく叩ける鯵や鰯なんかとは違う。鶏とか鴨、鶉の肉って感じ。こいつら、いい塩梅になるまで叩くの結構大変なんだけど、任しといて、おいら得意だから」

三吉はかって出てくれたが、結局は三人交替で弾力があってやや固いアカニクを叩き続けた。

叩いたアカニクの味付けは道之介が決めた。

「塩と胡椒だけです。臭みなどないので臭みを消すための工夫は要りません」

出汁は季蔵がたっぷりの鰹節を使って濃いめに作り、薄切りにした生の大蒜（にんにく）を入れて、しばらくしてから漉（こ）してこれを取り除く。仄（ほの）かに大蒜の風味が残る出汁を塩だけで調味した。ここでの大蒜の役割は、個性の強い鰹の匂いをそこそこ減らして、主に旨味をアカニク団子に合わせることにあった。

こうして、刻限の子（ね）の刻まであとわずかとなり、間一髪のところで、いちご鯨汁が出来上がった。素早く味見をした三人は、

「いいお味です。出汁の大蒜のおかげで、アカニクの素晴らしい風味が鰹に消されていません」

道之介は満面を綻（ほころ）ばせ、

「アカニクがこれほど美味なものであったとは――」

季蔵は新鮮なアカニクの魅力に打たれ、

「おいら、京の都のお姫様になった気分」

三吉はおどけて片袖に手を入れて口元を隠し、京の姫御前（ひめごぜ）風のしなを作って見せた。

「しかし――」

季蔵は再び頭を抱えた。

「どうしたの？　こんなに美味しく出来たっていうのに」

三吉は訝ったが、道之介は、

「さて、これをどこへお届けすればよいのでしょう？」

突然困窮しはじめた季蔵の様子に笑顔を消した。

「文には田の神までへと——」

「何、それ。ほんとにそれだけなの？　どこそこの誰々のお屋敷までっていうんじゃないの？　普通はそうだよね」

三吉に同調をもとめられた道之介は、

「すみませんが、少し黙っていてください」

すでに気難しい顔になっていた。

「そうはいうけどもう時がないんだよ。田の神がお祀りされてるとこが、大崎村あたりの田圃のあるところだったら、ここからじゃ、遠く離れててもう間に合わない」

三吉は泣きそうな声になった。

「うーん」

道之介も知らずと季蔵のように頭を抱えていた。

「正直わたしには見当もつきません。田の神は食べ物と関わる神の一柱のような気がするだけです。けれども、食べ物や料理にくわしい菅原様なら、わたしたちよりは遥かにいろいろ思い当たるはずです。お願いします。教えてください」

「田の神といえばやはりウカノミタマです。この近くに稲荷神社はありますか？」

道之介は季蔵と三吉の顔を交互に見た。

「それならすぐ近くにあります」

季蔵は応え、

「時がないので説明は後回しにさせていただきます。すぐにそこへこのいちご鯨汁を供物として奉納してきてください」

「合点承知」

三吉は盛りつけたいちご鯨汁の椀を両手で抱え持って油障子から出て行った。

子の刻を告げる鐘が鳴り始めた。

「お上げしてきたよ。お椀を置いても、まだ一つ鐘が聞こえた。ちゃんと間に合ったよ」

三吉が誇らしげに戻ってきて、

「ご苦労様」

季蔵が労った後、道之介が田の神が稲荷神社を示す理由を、紙に以下のように書いた。

宇迦之御魂神

「宇迦之御魂神というのはこの国を造ったイザナギ、イザナミの子で穀物、特に稲作の守り神です。まさに田の神です。この田の神は稲荷神社に狐を従えて祀られています。それを思い出したのです」

道之介はごく簡潔に告げた。

「どうして、穀物や稲の神様が狐なんかと一緒なの？　狐ってそんなに偉いのかなあ。おいらが知ってる昔話じゃ、狐は人を化かす悪い奴だよ」

三吉は得心できていない。

そこで道之介は、

「それは長きにわたる素朴な狐信仰ゆえです。古来、狐は稲作にとって天敵の鼠を狩るので、益のある獣であると見做されてきました。そこで、狐の尿のついた石に鼠除けの効果がある事実に気づくと、田圃の近くに祠を建て、油揚げ等で狐の餌付けをしたのが、稲荷神社の事始めだったのではないかと思います」

さらなる説明を加え、

「なるほど。おいら、知らなかったよ、狐が大事なお米作りの役に立ってたなんて。これからは狐の悪口言わないようにしようっと」

三吉は両手で口を押さえて見せた。

七

「小腹が空いていませんか？　残ったアカニクで鯨饂飩でも作りましょう」

道之介はまた厨に立った。

「それは有り難い」

季蔵は初めて自分の空腹に気がついた。久々に刀を使い、何人もの侍を退けた後でもあった。

「鯨饂飩だって？　まさか、こいつを大根素麺みたいに切れ目なく、くるくる廻し切りにするんじゃないよね」

三吉は大根とは似ても似つかない、残っているアカニクの塊をじっと見つめた。廻し切りに適した茶筒型の大根でさえ、どれだけ苦労したかしれないのに、平たく四角いアカニクの塊での廻し切りなど考えられない。

「あるのですか？　そのような料理法が？」

季蔵は気になった。三吉が挙げた大根素麺は『大根百珍』という料理集におさめられている、傑作大根料理の一つであった。

「宝暦年間の『料理珍味集』という料理書に紹介されているのが、鯨蕎麦切です。蕎麦はわざわざ打たなければなりませんが、先ほど厨を眺めて稲庭饂飩があったので、乾燥もので細目のこれならすぐに蕎麦代わりに出来ると思い立ちました」

「よかった、アカニクの廻し切りさせられずに済んだ」

三吉はほっと胸を撫で下ろして、

「おいら、稲庭饂飩、茹でるよ。これ、前に師走賄いに使ったことあって、さんざん茹でさせられたから任しといて」

深い大鍋で湯を沸かし始めた。

「稲庭饂飩が茹だったら、笊に上げて水で洗ってぬめりを取っておいてください」

道之介は三吉に指示すると、まずは長葱を刻んだ後、アカニクを薄切りの細切りにして、さっと酒と醤油を振りかけ、小麦粉をまぶし付けた。

次には小鍋に少量の出汁と酒、醤油、味醂、砂糖少々を入れて、鯨饂飩用のつゆをやや濃い目に作った。

この後、三吉が茹で上げた稲庭饂飩を笊に取るのを横目で見ながら、浅く平たい鉄鍋にたっぷりの菜種油を熱し、そこへアカニクを入れて揚げるように炒める。最後にぬめりのない稲庭饂飩と葱を入れて混ぜ炒めし、やや濃い目のつゆを廻しかけて仕上げた。

「好みですが、これには一味唐辛子も合います」

道之介は目ざとく厨の棚から一味を探し出してきて季蔵の前に置いた。

「いい匂いだ」

季蔵はすぐに箸を取ると夢中で動かし続け、

「アカニクの傷んでいない生を使ったのですから当然なのでしょうが、先ほど拵えた汁に勝るとも劣らぬ美味さです」

ほうとため息をついた。

「おいら、炒めた饂飩なんて食べたの初めて。でもこれ、鯨饂飩っていうよりも、鯨焼き饂飩だよね。そう言う方がずっと美味しそうだと思わない？　ただの鯨饂飩じゃ、この忘れられない美味さは伝わらないよ」

三吉の感嘆を受けて、

「何とでも命名してください」

道之介はうれしそうに笑顔を紅潮させた。

「それと作り上げた時、味見してわかったのですが、『料理珍味集』の鯨蕎麦切より実はこれの方がずっと美味です。お二人に褒めていただき自惚(うぬぼ)れでないとわかりました」

「蕎麦と稲庭饂飩の違いだけですか？」

季蔵は思わず訊いてしまうと、

「いえ、鯨蕎麦切ではウネスと呼ばれている、大きな鯨の下顎から腹にかけて縞(しま)模様になっている、畝(うね)状に凹凸のある部分を使っています。白い凸部分が畝、その内側の凹部分の赤い霜降りが須で、合わせて畝須です。脂と霜降りが合わさっているわけですから、尾の身や鹿の子にも増して上等とされています。これを熱すると、たっぷりと旨味のある脂が出るので、油は不要です。ただ、こちらを食べた時、蕎麦にまでぎとぎとと脂が乗ってしまうので、後でもたれ感が残り、ちょっと脂がきつすぎるかなと思いました」

道之介は答えた。

「今、いただいた稲庭饂飩の方は菜種油が使われているおかげで、さらりと出来ていました。アカニクに小麦粉の薄い衣をつけているので旨味が逃げず、惜しみ惜しみいただきました。これらは鯨肉と脂を知り尽くしている菅原様だから考えつく、絶妙な技だと思います。こちらを食したら、誰もウネスの蕎麦切を味わいたいとは思わないはずです」

季蔵のこの言葉に、

「褒めすぎでしょう。しかし、褒められてこれほどうれしかったことは今までにありません」

道之介は目を瞬いた。

この後、しばらく休むことにして、三吉は小上がりで寝転び、季蔵と道之介は離れへと移った。

離れの仏壇に先代の霊が祀られていると知った道之介は、

「季蔵さんの口から時々出る、とっつぁん、長次郎さんですね」

線香をあげて瞑目し丁寧に手を合わせた。

それから季蔵の方へと向き直ると、

「わたしの話をしなければいけないようです」

緊張した面持ちになった。

「無理にしなければならないことはありません」

季蔵は優しく返した。

——ただ、ある程度のことは打ち明けておいてくれないと、守りたくても守れない——

そうは思ったがそこまでは言わなかった。

――この男にここで守るなどとわたしが言ったら、迷惑をかけるからと今、すぐにでも出て行ってしまいかねない。そもそも元はそのつもりだったのではないか？――

「いえ、話させてください。わたしはあなたに話をしたいのです」

道之介は覚悟を決めて、

「わたしはあなたと塩梅屋を知っていて、ここへ来ました。追われ続けて、空腹の余り吸い寄せられるように訪れるのではなく、是非ともお会いしたかったのです。これについては後でお話しいたします。その前にわたしが、なぜアカニクをもとめに慣れた場所に行って、あのような目に遭うのかについて、お話ししなければならないからです」

話を始めた。

「菅原様は菅原道之介様ではありますまい。栄二郎様というのが本当のお名では？」

「苦し紛れとはいえ、天神様の名を拝借したのは罰当たりなことでした。わたくしは道之介ではなく、西国の矢萩藩、藩主松枝貴顕の弟栄二郎でございます。貴顕様の下に三人の兄が居てわたくしは五番目の末弟です。貴顕様の御生母様は紀州徳川家の御血筋で、先の藩主の御正室お美加の方様であられますが、三人の兄たちの生母やわたくしの生母は皆家臣の娘たちで側室です。実は昨年、側室や国許の三人の兄たちが皆、疫病に罹り、隠居した先の藩主ともども鬼籍に入ってしまいました。側室の中で一番若かったわたくしの生母も亡くなりました。わたくしはこの生母の怒った顔を見たことがありません。優しく慈悲深い気性でしたので、亡くなったのも自分から進んで皆様のお世話をしたせいです」

栄二郎の声が震えた。

――たとえ身分がこれほどでも、多くの身内を失った悲しみは如何（いか）ばかりだろうか。その切なさに貴賤（きせん）はない気がする。この男に比べてわたしは幸せ者だ。死んだことになっているわたしだけではなく、何と両親や弟家族も生きているのだから。その事実に感謝しつつ、何ともしてもこの幸せを守り抜きたい、老いの病に冒された父上に楽しい余生を過ごしてほしい――

季蔵が感慨に耽（ふけ）っていると、

「子どもの頃から暢気（のんき）に好きなことで、お役目を果たして参りました」

栄二郎は過ぎし日を懐かしむような目になった。

「好きなこととは料理ですね」

「そうです。女の子のようにままごと遊びが好きだったわたくしを母は咎めずに、相手になってくれました。こっそり、下女たちの目を盗んで二人でクウクを作って食したこともありました」

「料理とお役目はどのように関わっているのです？」

季蔵は訊かずにはいられなかった。

「そうでした、そうでした。亡き母のこともわたくしにとって大事な思い出ですが、是非ともあなたに伝えて、わかってもらいたいのはお役目のことでした」

「外様の矢萩藩が国替えの憂き目にも遭わずにいるのは、四方八方料理大全を宝にしているからです。この四方八方という呼び名は中身とやや矛盾します。当藩が伝承してきたのは近くの出島や大陸、南方から伝わった、鯨や鳥獣肉他の料理法だからです。これが長きにわたって矢萩藩の財政の一翼を担ってきていて、わたくしは選ばれて、この宝の伝承を命尽きるまで任じられているのです」

栄二郎は居住まいを正して、

きっぱりと言い切った。

第三話　冬まつたけ

一

「菅原様、いえ、松枝様のお役目はその本を売ることですか？」

藩の財政が潤うほど本とは売れるものだろうかと季蔵は訝しく思った。

それに優れた本には必ず写本が作られる。

「栄二郎で結構です。栄二郎と呼んでください。わたくしのお役目は四方八方料理大全指南です。これには代々、藩主の弟たちのうち、最もその任に適した者、ようは料理好きで記憶に優れた者が当たってきました。四方八方料理大全は書物ではなく、口伝だからです。鯨や鳥獣肉他と申しましたが、この他というのには馬や牛は言うに及ばず、犬、猫、猿、鼠、狐、狸、狼も含まれます。鳥なら雀は当たり前ですが烏さえも――、それからスズメバチの子であるハチの子やそれ以外、芋虫等、虫の食べ方も――。魚と見做されている鯨から芋虫まで、鳥獣虫魚の類の肉は、地に生える草木と異なり、滋養に富んでいて、たとえ少量でも命を繋ぐことができます。ですから、これらに通じているわたくしのお役目は命の護り人でもあるのです」

矜持を示した言葉とは裏腹に栄二郎の表情は苦渋に満ちていた。

「関東以北の寒さの厳しい大名家から、飢饉の際の鳥獣虫魚他の食し方を望まれることも多々あります。これは二代ほど前の指南役が果たしたお役目でしたが、八戸藩（青森県）の冷害による大飢饉の際、稲や麦が全滅した跡地に蕨や葛が生い茂り、これらの地下茎を目当てに猪たちが里へ下りてきて大繁殖、上手く狩ることと同時に猪食いを伝授することになりました。猪といえば牡丹鍋が知られていますが、薬味にも窮しているような場合の猪食いは食べにくい毛の部分をさっと炙り、捌いて皮の付いた生肉のまま食らいつくのです。腹持ちがいいので、飯は要りません。猪肉だけを仇のように食すのです。わたくしが、この先、天寿を全うするまで生きるのだとしたら、大飢饉の際、飢えて死んだ屍の料理法までも、もとめに応じて伝えなければならないでしょう」

――ようは四方八方料理大全とは富裕の食通を唸らせる美食の絶品だけではない、悲哀でしか語れない飢饉食をも含んでいるのだな。天にも昇るような食の喜びだけではなく、悲惨さのあまり、狂い死にしかねないその悲哀が隣り合っているとは――

季蔵は胸を衝かれ、先を急いだ。

「何とも深い、むずかしいお役目であることはよくわかりました。だとすると、栄二郎様が先ほどのように襲われたのは、このむずかしさと関わってのことですか？」

――矢萩藩に長きにわたって伝わるお宝を妬んで潰してしまおうという横槍が他藩から

あってもおかしくはない――

「わたくしを殺そうとしたのは、佐藤生之丞、剣術に秀でているのが自慢の江戸家老です。ああ、でもあんなにまであなたに手酷くやられるようでは――」

栄二郎はふっと笑って、

「長く続く寒さで引いた風邪が因で、病みついてしまった藩主である兄上のご病状が悪いのです。正室は若くして亡くなり、何人かの側室にも子は産まれていません。世継ぎに恵まれなかったのです。そこで兄上の生母のお美加の方様は、兄上逝去の後、同腹で他家へ嫁した澪姫様の二人目の若様、千代丸君七歳を、矢萩藩の藩主にと強く推しておられます。これに諸手を上げて賛成しているのがお美加の方様と親しい生之丞です。二人は男女の絆で繋がっていると陰口を叩く者もいます。その真偽はともあれ、そうなれば生之丞は千代丸君とお美加の方様を推したてて、藩政を掌握することが出来るでしょう」

お家騒動に発展しかねない話を淡々と語った。

「栄二郎様は現藩主様の弟御でお父上は今は亡き先の藩主様でしょう？　三人の兄上様たちが亡くなって、今、藩主様が病魔に斃れ、余命いくばくもないのであれば、お血筋から言って栄二郎様が次の藩主様ではありませんか？」

思わず季蔵は武家の慣らいを口にした。

「ずっと家臣の一人として、お役目を果たしてきたわたくしは、正直、藩主の座に就きたいとはあまり願っていないのです。四方八方料理大全指南のお役目を天命と心得て、これを全うしたいと思っているのです」

栄二郎は厳かに応えた。

「藩主が四方八方料理大全の指南役であってはいけないという、家訓でもあるのですか？」

――参勤交代を繰り返している藩主たちは、珍しい動植物の研究、収集、写生等に励み、なかなかの勉強家であったりもするが、在府の折にはこうした趣味も社交のために役立ち、集まりに欠かせないのが山海の珍味、美食と聞いている。藩主が肉料理に造詣が深く、集いあう藩主仲間たちに、美食だけではなく、災害や飢饉時の食の助言が出来るのは悪いことではないような気がするが――、

「そのような決まりはありませんが、藩主の血筋が四方八方料理大全の指南役だけを務めているというのは先に例がありません。それともう一件、四方八方料理大全の指南役は穢れたお役目だと見做す向きもあるのです」

「いったいどこが穢れているというのです？」

――もしや飢饉時の人肉食いを穢れているとするならば、憎むべき驕りだ――

知らずと季蔵は両の拳を固めていた。

「米作りが今ほど盛んではなく、鎖国もしていなかった頃、豊臣秀吉が葡萄牙の宣教師たちと対面した際、〝牛馬等を食べなければ生きていけないというのなら〟と、鹿、野猪、狐、雉、猿等を囲いに入れて食料調達に心遣いを示したことがあるそうです。これを聞いた宣教師たちは〝わたしの国ではこの国の人たちが食べる馬や猿、犬、猫、鼠、狐等を食

べません。ただ牛を食べるのは仰せの通りです〟と応えたとのことです。この話を今の御老中首座様が蒸し返されて、〝秀吉も宣教師もどっちもどっちだ、穢れている。徳川将軍家では代々、始祖東照神君家康公の清らかなお考えに則って、従来の穢れた肉食いを改め新田開発等にも努め、米本位体制を徹底させてきた。それゆえ、徳川の二百年以上の平和があるのだ。清らかな川の水に富裕な者たちの贅沢、特に肉食美食はふさわしくない。これを忌むべく、この手の料理本ともどもきつく取り締まるべきである〟と。政に携わりたいがためだけに、禄高の低い冷涼地への国替えを申し出た御老中首座様は、元は矢萩藩と隣り合った領地の藩主でした。四方八方料理大全のことをご存じで、焚書にするべきだと息巻き、今回のことも、紀州徳川家の血を引くお美加の方様側に肩入れなさっているという話も耳に入っています」

栄二郎はしごく冷静に危ういことこの上ない自身の窮地を語った。

「焚書ということは――」

季蔵はその先の言葉を躊躇した。

「洒落ではなく、四方八方から刺客に襲いかかられるということです。わたくしはただ四方八方料理大全の指南役でありたいだけなのに――」

栄二郎は悲しそうに目を伏せた。

「ところで、なぜわたしのところにお見えになったか、まだ伺っていませんが」

季蔵は励ますように訊いた。

「そうそう、それだけは少々、面白い成り行きでした」

栄二郎の目がほんの僅か和んだ。

「指南は江戸と国許、両方から頼まれるので、わたくしのお役目には常に江戸と国許との行き来が伴います。今回、国許で指南してすぐに江戸へ戻ったのは、殿がわたくしを呼んでおられるとのことだったからです。お仲間のお大名方は美味しい肉料理がお好きなので、殿はもてなしの参考のためにと、もう随分前から、わたくしの料理にまつわる話をしばしばお尋ねになられていました。時には〝美食会の名の下に毒を盛る輩が居る。嫌だね、悲しい、堪らない〟と本音を打ち明けてくださることもありました。ですから、お命に関わるほどの御病態でわたくしをお呼びになっていると聞くと、もういても立ってもいられなかったのです。わたくしはお役目のために天寿を全うしたいと考えてはおりますが、殿のためなら毒見で死んでもいいとさえ思ってもいたのです」

栄二郎の声が掠れた。

「とすると、もしや、寒さと風邪が因だとされている貴顕様の病は――、以前からご病弱でしたか？」

「しごくご壮健というわけではないものの、一通りの武道のたしなみはおありになって、おそらくどれもわたくしより優れておられたはずです。殿は、わたくしの料理や旅先の話を楽しみになさり、いつも首を長くして待っていてくださいました。わたくしにばかり殿が目をかけてくださるせいで、お美加の方様はご実子であるというのに殿を遠ざけ、若君らを連れての澪姫様のお実家帰りを指折り数えていらっしゃったとのことです。澪姫様ご一同様にはぴったりと寄り添って、叶う限りの贅沢をお許しになっていたというのに、殿があのように病臥されても見舞いの言葉一つお掛けにならないのだとか――。何とも殿がお労しくて夜を日に継いで、国許から品川宿まで二十日で走り着いたのです。その晩はさすがに疲れて宿で湯に入り、夕餉を摂るとすぐに瞼が重たくなりました」

ここで一呼吸置いた栄二郎は、

「〝栄二郎様、栄二郎様〟、眠りの中で誰かに呼ばれていました。誰がわたくしの名を知って呼んでいるのだろうかと気になって、目を覚ましました。一瞬、いつの間にここに鏡が運び込まれたのかと不可思議になりました。あるいは知らないうちに死んで霊にでもなっているのかとも。枕元にわたくしが座っていたからです。わたくしそっくりの相手は、〝幽霊じゃあねえから安心しな。俺が今のあんただったら、こりゃあてえへんだって縮み上がるんだろうけどな。俺はな、人呼んで疾風小僧翔太。世間様からは義賊だ、人助けだって褒めて貰っちゃいるが、お天道様には顔向けできねえ、盗っ人にはちげえねえよ。でもさ、人は決して殺さねえ。だから、こうしてここへあんたを助けに来たんだよ〟と口上じみた話しっぷりでした」

意外に上手に疾風小僧翔太の口調を真似た。

二

——あの疾風小僧翔太が栄二郎様を訪ねていたとは——

季蔵は驚愕したものの、なつかしくなり、頬は緩んでいた。季蔵も自分とそっくりな相手に窮地を助けられたことがある。もっとも疾風小僧翔太は役者裸足の変わり身の名人なので、本人とは似ても似つかない他人の顔で冷やかし半分に季蔵を見守っていたきらいもあった。

「面白いお方でしょう」

と言いかけて季蔵はその言葉を呑み込んだ。

「先ほど佐藤生之丞らに襲われた時もそうでしたが、あの時からわたくしは種々の災難に遭い始めたのです」

栄二郎は思い詰めた目色で語り始めた。

「〝今、この宿屋にいるのはあんたと俺だけさ〟と疾風小僧翔太は言いました。その時、何やら焦げ臭い匂いが漂いはじめてきました。わたくしの顔つきで分かったのか、〝やっと、気がついたかい？　まだ大丈夫だから話をさせてもらうよ。この宿は火事になってるんだよ。流行ってるいい宿なんでちょいと勿体ねえ気もするが、脅された主が結構な大枚であんたを狙う相手に売り渡したんだよ。他に沢山客が居たはずだって？　あんなのは金で雇われた奴らさ。風呂に入って、夕餉の膳について、金貰って、こんな結構な稼ぎ方はないやね、なあんて言いながら、とっくにどっかへ行っちまった。もちろん、大罪の火付けを疑われりゃ、火炙りにされちまうから、主や奉公人たちも行方をくらました。俺はさ、子分の一人がさるえれーえお方の天井裏で、この話を聞いてきた時、こりゃあ、もう、面白くて見逃せねえと思った。こんなに手間ひまかけて金かけてまで殺さなきゃなんねえ相手って、いったいどこのどいつかってね。そのうえ、何と丸焼きにされようとしてる的のあんたが、俺も子分連中もよく知ってる、お江戸は木原店にある一膳飯屋の主の季蔵にそっくり、ようは俺にそっくりてぇんだから、こりゃあ、もう、面白くて面白くてとことんつきあうしかねえ、あ、そろそろいけねえな。ちょいとあんたの身体移すよ〟。そこで疾風小僧翔太の言葉が切れました。後はふわふわと布団から身体が浮き上がって、何人ものわたくしの顔、いや、似た顔に取り囲まれました。正直、その時は煙に巻かれて死んだのだと思いました」

——疾風小僧翔太は長話をしている間に巧みに栄二郎様を操る術をかけたのだろう——

栄二郎は先を続けた。

「次に気がついたのはどこともしれない廃寺の中でした。光が差し込んでいて、握り飯と水の入った竹筒が置かれていて、以下の文が添えられていました。〃——暗くなるのを待ってから動くこと。焼けた骸がなく、生きているとわかったら、必ず火付けの下手人にされるので、決して番屋や役人は頼らぬこと。敵は矢萩藩と幕閣の中にいる、江戸での頼りは塩梅屋季蔵、また会おう、疾風小僧翔太——〟」

「なるほど、それでわたしのところへおいでになったのですね」

「ええ。行く先々でさんざん、よくわからない相手に追いかけられていましたが、命からがらやっとここへ辿り着いたのです」

「それなのに栄二郎様はあの寺へ出向き、命がけでアカニクを分けてくださった。あそこであのような目に遭うかもしれないという不安は、これまでのことでわかっていたにもかかわらず――」

「あなたから相談された料理はいちご鯨汁――これには上質のアカニクを使うのが好ましいと想われました。ようはわたくしの領域である鯨肉料理がたまたま関わってきていたからです。今までにない料理を思いついて、四方八方料理大全に加えることができるのではないかと。そんな想いに駆られると、わたくしは後先を考えることができない、無鉄砲な性質なのです。それと世継ぎをめぐるお家騒動で殺されるのは不本意ですが、四方八方料理大全のためなら、いつでも死ねる覚悟はあるつもりです」

栄二郎は言い切り、

――それほどこの男は四方八方料理大全と、関わる料理の探究に熱い想いを抱いているのだ――

季蔵は頭が下がった。

「佐藤生之丞が率いている一派は、あなたが助けてくださらなければ、剣術など習いもしなかったわたくしなど一刀のもとに斬り殺していたはずです。今、ここにわたくしの命があるのはあなたのおかげです。何と御礼を申し上げてよいか――」

栄二郎は深々と辞儀をして、

「しかし、もう、これ以上のご迷惑はおかけできません。そろそろお暇しないと――」

立ち上がりかけた。

「それはいけません」

あわてて季蔵も腰を上げた。

「わたくしと関わるとあなたやこの店まで危うくなりましょう」

「先ほどの寺がよい例です。栄二郎様が今までお役目で関わってきた人たちや場所に、命を奪う罠が仕掛けられているというのに、このままお別れすることはできません。何よりあなたはこの世に一冊しかない、貴重な四方八方料理大全なのです。わたしとて料理人としての想いはございます。むざむざ栄二郎様を死なすわけにはまいりません。どうかここにいらしてください。わたしに守らせてください」

季蔵のこの言葉に、

「わかりました、有り難うございます。あなたからの指摘で思いついたことがあります。どうか紙と筆、硯をお願いできませんか？　藩政を潤し支えるための四方八方料理大全ではなく、万人のための四方八方料理大全を残しておきたいのです」

栄二郎は右手を拳に固めた。

「素晴らしいお考えです。すぐ用意いたしましょう」

「それとまだ何か難しい問題があるのでしたら相談してください。これは自画自賛ですが、万国万人の肉料理に通じている四方八方料理大全をもって、作ることのできない肉料理はありません」

栄二郎は力強く言い放った。

この時季蔵の頭に冬まつたけの文字が浮かんだのは言うまでもなかった。

――だが、まつたけはたとえ冬まつたけであっても肉ではない、栄二郎様の熟知している範疇ではない、この期に及んで恥を掻かせてはいけない――

そこで季蔵は兼ねてから興味を抱いていた問いを発した。

「鯨の南蛮料理にはどのようなものがあるのでしょうか？」

「出島の阿蘭陀人から聞いた話では近海で獲れる鯨は、たいていがその仲間であるイルカで、その肉は鯨肉と変わらないのだそうです。ただし大型の鯨にある貴重な霜降り部分はありません。多くは阿蘭陀やエゲレス（英国）等の沿岸民たちの食糧となりました。香草を利かせた赤葡萄酒タレに漬け込んでから、塩をふりかけて焼く鯨の串焼きや、白牛酪（バター）と小麦粉を合わせた皮で包んで焼く鯨パイ等が代表的なものです。甘味のあるサエズリ（舌）は珍重されて生のまま食されます。変わったところでは、船の上での賄い料理があります。これは獲ったばかりのイルカの柔らかな脳味噌に粉をまぶし、溶いた卵に潜らせてから、石窯で焼いたパンを細かに砕いたものをまぶしつけて、油で揚げたものです。興味深いのはエゲレスの宮廷ではかなり長い間、こうしたイルカ料理が食べ続けられていたことです。肉が傷みさえしなければ美味この上なかったからでしょう」

栄二郎は丁寧に応えてくれた。

「もう一件、鯨肉が古くから食べられてきたのだという、なるほどと頷ける証が欲しいのですが――」

「それでは誰でも知っている、歴史に残る方々の鯨贈答の覚え書きの一部をお知らせしましょう。前に申しましたが鯨は魚扱いで贈答も禁忌になっていませんので、遺されているのです。和銅五年（七一二年）に編纂された『古事記』に天子様に鯨肉が献上されたとあります。永禄十三年（一五七〇年）、天下統一の野望に燃えた織田信長公が天子様へ鯨を献上、天正五年（一五七七年）には水野監物殿から信長公へ贈答され、天正六年（一五七八年）、信長公が朝廷と自分の家臣にやはりまた鯨を贈っています。天子様や朝廷を懐柔し、家臣を奮い立たせるための贈答品にするほど、信長公は鯨肉の旨さに惹かれていたのでしょう。なお天正十九年（一五九一年）、長宗我部元親殿が豊臣秀吉に鯨一頭を献上しています。信長公に心酔していた秀吉への贈答品には、鯨ほどふさわしいものはなかったはずです。ぱっと思いついたままをお話ししたのですが、このくらいでよろしいでしょうか？」

「充分です。鯨は並み外れて大きな食糧なので、贈られた相手が多くの家臣たちと分かち合い、もちろん、信長様とその家臣たち各々が料理して美味しく食べている――そんな温かい光景が時を超えて目に浮かぶようです。お話、ありがとうございました」

――わたしも鯨でなくともよいから、父上、母上、そして弟の家族たちと一緒に膳についてみたいものだが、それはきっと夢だな――

季蔵はしみじみとした物言いで礼を言い、

「しばらくここでお暮らしください。まずはお休みにならないと」

栄二郎のために布団を店の二階から運んできて、延べ、納戸にしまわれていた小机を出すとその上に紙の束と硯、筆、文箱を揃えて置いた。

三

季蔵が店に戻ると三吉は小上がりですっかり寝入っていた。

——これしか思いつかない——

季蔵は干し椎茸何枚かをたっぷりの水で戻すことにした。

——干し椎茸では到底、冬まつたけの代わりは務まるまいが——

アカマツの少ない江戸近郊では松茸がほとんど採れず、松茸の時季になると将軍家さえも献上されるのを首を長くして待っている。市中での松茸は高価で、当然これを干して保存した干し松茸も八百良等の料亭でなければ滅多に手に入らなかった。もちろん一膳飯屋の塩梅屋にあるはずもなかった。干し松茸を長次郎の料理日記は以下のように退けている。


手に入れるのが難しい口惜し紛れで言うのではない。干し松茸は干し椎茸の足元に及ばぬものと思う。干した椎茸は生の椎茸とは異なる、深い風味と味わいを持つ。一方、干し松茸はあの独特の何とも言えない、絶世の美女に例えてもいい、採れ立ての生松茸ならではの香りが、時と共にじわじわと失われ、昔を知っていたら見るのが気の毒な老婆に変わっているからである。

にもかかわらず、時季外れの干し松茸を供する料亭では、この老婆がまるで年齢なぞとっていないかのように、輪島塗りの膳や名人の皿小鉢等の厚塗り化粧で誤魔化している。馬鹿馬鹿しい。さらば、干し松茸。

――しかし、ここに干し松茸があれば、冬まつたけを拵える、何らかの手がかりになったような気はする――

季蔵は吐息をついて、おき玖が嫁した後、こざっぱりと片付いている店の二階で、空が白みかけるまで一刻半（約三時間）ほど眠った。起き出して階段を下りると小上がりで寝入っていた三吉の姿がない。引き札（広告ちらし）二枚の裏に以下のような長い書き置きがあった。

親切にして貰ってる鶏屋に行ってきます。鶏胆、欲しけりゃ幾らでもくれるって言ってたから、おいら貰ってくる。道之介さんの鶏胆の南蛮漬け、もっと沢山食べたいから。それと面白おかしなふざけた料理を頼まれてること、昨日、嘉月屋の旦那さんがたまたま季蔵さんがいない間に来た時に話しておいた。金持ちや身分の高い人で暇を持て余していると、手間ひまかけて金かけてこの手の遊びを思いつくんだってね。やっぱりふざけてるよぉ。もし、お気に召さなかったら、また手間ひまかけて塩梅屋、潰されちゃうのかな。でも、大丈夫。菓子だけじゃなしに料理にも熱心なあの旦那さん、〝そりゃあ、難儀なことだ、わたしでよけりゃ、是非手伝わせてほしい〟なあんて、おいらが思った通り、言ってくれちゃって。好きだね、嘉助旦那も。でも有り難いでしょ。旦那さん、いろいろ考えてくれるみたい。今日あたりまた来てくれるんじゃないかな。今日は冬まつたけの料理を間に合わせる日だもん。おいらも旦那さんもこれは絶対、菓子だってことになった。旦那さん、腕の奮いどこだよね。楽しみ、楽しみ。

――三吉はわたしのただならぬ急場をわかっていてくれる――

はっと気がついた季蔵は昨夜遅くに、三吉に託して近くの稲荷神社に供えた、いちご鯨汁は今頃どうなっているのだろうかと気にかかった。

――持ち去られているはずなのだが――

神社へと走った季蔵は本尊に供えられているはずのいちご鯨汁の椀を探した。

中身はなく椀だけがぽつんと一つ残され、隣りに小石が五つ並べられていて、〝賞味済み。鯨のアカニク使用の出来映え良し、及第、父親に害なし〟と書かれた文が添えられていた。

――よかった――

ほっと安堵しつつも季蔵は腹立たしくもなった。

――しかし、なにゆえ、謂われ無き脅しにこれほど振り回されなくてはならぬのか。だから、これに父上の命が関わっていることはお奉行と蔵之進様以外に知られたくない。三吉や栄二郎様に心配をかけたくない——

咄嗟にその文を片袖にしまった。

店に戻った季蔵は朝餉にと戻した干し椎茸で炊き込みご飯と汁を拵えることにした。

戻した干し椎茸を薄切りにし、半分は取り置いて残りの半分を、戻し汁のやはり半分、酒、味醂、醬油、隠し味の煎り酒を加えた鍋に入れて煮冷ましておく。釜で研いだ米の中に、干し椎茸の煮汁だけを入れた後、水を加え、炊く案配を整えて、椎茸と胡麻油少々を加えて炊き上げる。

炊き上がったら底からよく混ぜ、好みで刻み葱かもみ海苔を散らす。

汁の方は戻し汁の残りに昆布を入れてしばらく置いて火にかけ、鍋底の昆布からぷつぷつと泡が出てきて沸騰寸前になったら昆布を取り出す。鰹節による濃厚な鰹風味は、せっかくの干し椎茸風味を台無しにしてしまうのでここは昆布に限る。

赤味噌を溶き入れ、卵汁を掛け廻してかき玉汁とし、戻して薄切りにした干し椎茸の半量と刻み葱を載せる。干し椎茸の戻し汁が下地の出汁は独特で多少クセがあるので、清汁よりも味噌汁の方が合っている。

——早く、冬まつたけの目途をつけたい。初回は栄二郎様のおかげで相手を満足させられたが、次回は皆目見当がつかない——

はやる思いで箸を取って、干し椎茸の炊き込みご飯と汁を口に運んだ。どちらも美味で

はあったが、

――うーん――

季蔵は頭を抱え込んでしまった。

――どんなに旨味のある味でもこれは松茸ではない。あの香りではない、軽く清々しい香りとずっしりとした旨味、そもそもの持ち味が違うのだ――

どうしたものかと箸や飯茶碗等を洗うのも忘れて思いあぐねていて、油障子が開けられるのも気づかずにいると、

「いい匂いですねえ」

嘉月屋の主嘉助が入ってきて、朝の挨拶代わりに干し椎茸の炊き込みご飯と汁の匂いを褒めた。

「おはようございます。何やら三吉がめんどうなお願いをしているようで申しわけありません」

季蔵が詫びると、

「とんでもない、また、あなたと四つに組んで料理に関われると思うとあの早水無月のことなど思い出して、うれしくて、うれしくて堪りませんよ。何でも四日で四品、一日一品ずつ、三吉ちゃんの言葉を借りると面白おかしなふざけた料理を作り上げなければならないんだとか――。実はわたしも同業の人たちの何人かを含む食通を自負する人たちに、何だかんだと、さんざんに言われたことがあるので、ここで相手を唸らせて鼻を明かしてや

れるかもしれないと思うと、昨夜はどうにも気持ちが昂ぶって眠れず、とうとう夜通し、冬まつたけに挑んでしまいました」

乱した髷に若白髪が目立つ嘉助は赤い目を向けて、手にしていた風呂敷包みをかざして見せた。すぐにも包みをほどいて中を見せようとする嘉助に、

「朝餉は召し上がりましたか？」

季蔵は訊いてみた。

「ここへ来て椎茸のいい匂いを嗅がせてもらうまでは、腹が空いていることなどすっかり忘れていました」

嘉助は自分の額をぴしゃりと叩いた。

「どうか、召し上がってください」

季蔵は飯茶碗と汁椀、箸に大根と人参の糠漬けを添えた。

「いただきます。腹が減っては戦はできぬともいいますから」

嘉助は箸を手にした。

「美味いなあ、実に美味い。手頃で滋養があって、保存が利く椎茸は偉いですよ。言うこと無しだ。でも、やっぱり、人は松茸を望むものなんです」

「稀少だからでしょうか？」

「採れ立ての香りが松茸の真髄です。干し松茸なんてのはただの残骸ですよ」

「ここの先代もそのように書き遺していました」

「あなただけではなく、先代とも気が合ってうれしいです」

嘉助が目尻(めじり)に皺(しわ)を寄せて笑顔になったところで、

「ただいまぁ」

三吉が戻った。竹皮に包まれたものを手にしている。

「わあ、やっぱり来てくれたんだね。おいら、絶対来てくれるって信じてた。これ、貰ってきーちゃったんだよ」

三吉に話しかけられた嘉助は、

「来たよ、来た、来ましたよぉ」

いつにないはしゃいだ受け応えをしてくれたが、

「三吉、嘉月屋さんに何て口のきき方をするんだ」

季蔵が咎(とが)めると、

「いいんですよ、いいんです、どうか、三吉ちゃんを叱(しか)ったりしないでください。わたしはもう久々に楽しくてわくわくして仕様がないんですから」

嘉助はさらに目尻の皺を深くして、目がなくなったかのように見えた。

四

勝手口のすぐ近くからは外に積もっている雪の冷気が入り込んでくる。三吉は傷みやすい鶏胆の入った竹皮の包みを勝手口の土間に置いてから、

「あー、腹減った。おいらお腹ぺこぺこ」

嘉助に倣って干し椎茸飯と汁に飛びついた。三吉が食べ終えたところで、

「それでは冬まつたけをお見せいたしましょう」

待ちかねていた嘉助が風呂敷の包みを解いた。千代紙が使われている典雅な平たい箱が三箱出てきた。

「あ、おいら、わかっちゃった、中身が見えてるその箱、嘉月屋の店先で見てるもん。だけど言わない。蓋を開けてのお楽しみだもんね」

三吉の言葉を受けて、

「さあ、開けますよ」

嘉助は箱を並べてそれぞれの蓋を取った。

どれにもきのこ型に抜いた落雁が並んでいる。かさが大きく軸が長いもの、かさが小さいが軸は長めのものの二種は、箱一杯になるほどの大きさで、どちらの箱にも一本ずつしか入っていない。

「わ、すごい、大きのこだぁ、おいらこんな大きなきのこ見たことないや。これほどの大きさの落雁って、祝い事の時の鯛の落雁並みだよね」

三吉は驚いて魅入った。

一方、かさがそこその大きさで、軸が短いものは小指半分ほどの多さで縦横に合わせて十二個並んでいる。

落雁は日持ちのする干菓子の一種である。白砂糖、微塵粉（落雁粉）、寒梅粉、片栗粉等をよく混ぜてふるい、白砂糖も同様にして、水飴を煮溶かしたしとり水で混ぜ合わせ、作りたい形の木枠で抜いて仕上げる。

ちなみに糯米を蒸し上げて餅とした後に煎餅状に平たく延ばし、水分を取るために乾燥させ、細かく砕いて粉末としたものが微塵粉であり、延ばす工程で非常に薄く延ばして、焼き色がつかない程度に軽く焼いてから砕いたものが寒梅粉である。混ぜ合わす粉の僅かな食味の違いによって、落雁に砂糖の甘さだけではない複雑な風味が増す。

「昨夜、松茸の姿を思い出すだけではなく、絵図も参考にして幾通りか、きのこの木枠を摩耗に強い山桜で彫りました。茶の色付けは渋柿の青い実を砕いて搾って二年ほど寝かして作る、うちの染料を使いましたが――」

嘉助は真剣にして不安そうな目を季蔵に向けている。

「かさが大きく軸も長いもの、かさが小さいが軸は長めのものの二種はどちらも松茸ですね」

「はい」

「どうして、三種目を思いつかれたのですか？　これを松茸とは――」

季蔵は訊かずにはいられなかった。

――これは松茸の形ではない、椎茸に似ている――

「松茸の形をそのままなぞるとどうにも形が決まらない気がして、それにかさが小さいが軸は長めのものをこれほど大きく作ると、何やら松茸のあの上品な香りとは裏腹に、男の一物だと称する向きもあって――」

そこで独り身の嘉助は頬をやや赤らめ、

「この二種を小指半分ほどの大きさにすると、ますます絵にならない様子になってしまいました。長い軸が気になりました。間延びして見えます。それで思い切って軸を短くしたのです。するとこれが案外可愛（かわい）くて気に入ったんです。懐紙に載せて指で摘まめるのも、秋のお茶席などに典雅でよろしいでしょう？　でも、季蔵さんに訊かれると――。ああ、たしかにこれでは冬まつたけではなく、冬椎茸ですね。とてもお役には立てない――」

すっかり意気消沈してしまった。

「でもさ、どでかいの二つは松茸そのものなんだもん、〝どうだ、まいったか、これぞ冬まつたけだい、落雁でどこが悪い？〟って開き直って、威張っちゃってもいいんじゃないの？　味は花や葉、鯛なんかの形の落雁と同じで、口の中ですーっと溶ける、みんな大好きな甘さなんだしさ」

三吉の励ましに、

「そう言ってくれる三吉ちゃんの気持ちはうれしいけど、こればかりは相手あってのことなんですよ。独りよがりじゃ駄目なんです」

嘉助は目を瞬（しばた）きつつ苦笑した。

この場の空気が張り詰めかけた時、

「稲荷に供えてきたいちご鯨汁、気になってさっき、鶏屋に行く途中で寄ってみたら、及第って書いてある文が空の椀と一緒だった。ったく偉そうでむかつくけど、道之介様のおかげで助かったんだよね」

三吉が切り出した。

――まずいな――

道之介こと栄二郎が命を狙われている大名家の世継ぎ候補だと知った今では、たとえ相手が嘉助であっても、世間は壁に耳あり、障子に目ありなのだから、知られない方がいいと季蔵は思っている。

――三吉に口止めしておけばよかったのかな――

一瞬季蔵は悔いたが、

「道之介様？」

初めて聞く名に首を傾げた嘉助に、

「菅原道之介様、お武家だけど鯨とか鳥獣の料理がすごくお得意なんだよ。昼餉の賄いで人気の季蔵さんにあやかろうと訪ねてきたんだ」

三吉は賢明にも深夜近く、腹を空かせて店の周りをうろついていた不審者だという事実は伏せていた。

――よしよし――

「道之介様、まだここに居るよね。居てくれなきゃ困るんだけど」

「大丈夫」

季蔵は頷いた。

「今度も道之介様に相談したらどうかな？　ほら、三人寄れば文殊の知恵って言うから、道之介様を入れて四人になれば敵なしだよ、きっと」

三吉の言葉に、

「鯨、鳥獣料理の名人とあれば是非ともお会いして、ご教示いただきたいです」

菓子に限らず料理全般に興味津々の嘉助は目を輝かした。

「それでは伺ってみましょう」

季蔵は二人の勢いに押された。栄二郎にはまだ朝餉を勧めていなかったので、干し椎茸ご飯と温めた汁を膳に載せて離れまで運んだ。

「おはようございます」

中へ入ると栄二郎は小机の前に座って筆を動かしていた。布団は季蔵が敷いたままになっている。

――夜通し、書き物をなさっていたのだろう――

文箱には墨字がぎっしりと詰まった紙が重ねられて見えた。

「これはかたじけない」

栄二郎は礼を述べ、筆を止めて朝餉の箸を取った。

「冬まつたけはどうなりましたか？」

栄二郎の方から切り出した。

「お役目ゆえか、一度耳にした食べ物や料理の名は忘れぬ性質なのです」

「実は――」

案じて駆け付けてきてくれた菓子屋の主嘉助の話をすると、

「なるほど。冬まつたけが菓子の松茸だというのは新しく、なかなか面白いです」

さらりと言ってのけた。

「ということは従来の冬まつたけを御存じなのですね」

思わず季蔵は膝（ひざ）を詰めていた。

「四方八方料理大全の中に冬まつたけは収められています。茸（きのこ）の中には秋だけではなしに、秋から冬にかけて長く、食することができるものがあるのです」

「それはどのようなものなのですか？」

季蔵は一膝乗り出した。

――寒さの厳しい冬場、時に今年のように雪で被（おお）われる土から生える茸などあるのだろうか――

「仏蘭西（フランス）と呼ばれる国とは、この先、お上が阿蘭陀や清（しん）等の他に、関わりを持つであろうと思われます。この国の食には地続きの他国も一目置いていて、最高峰であるとされています。その立役者が土の中に眠っていて、初秋から冬にかけては特に上等なものが採れる、トリュフという茸なのです。適度の寒冷を好む茸なので実は江戸近郊にも自生しています。

追われてここへ辿り着く途中、通り過ぎたナラ林で独特の匂いが気になって、雪を掻き分けてみたところ、落ちて雪に埋もれたドングリの隣りに顔を出していました。そのうち匂いに惹かれた生き物たちが見つけて食べるはずです。掘り採って持参しておればここでお見せできましたのに」

栄二郎は残念そうに呟き、

「これから一緒にトリュフ掘りにまいりましょう。香りや匂いはまさに百聞は一見にしかずの上を行くものですから、ご覧いただいた方がよろしいです」

立ち上がり、

「ちょっとそこまで出てきます。これから道之介様と一緒に冬まつたけを探しに行ってきます。申し訳ありませんが、どうか待っていてください」

勝手口の外から声をかけた季蔵は、用心のために両刀を腰に差した。

五

途中、栄二郎は、

「トリュフは土の中で育ち続け、成熟するにつれて地表に出てきます。仏蘭西では嗅ぎ分けのよく出来る豚や犬に、高値のトリュフを探させるのだと聞きましたから、地表に成熟する前に人が採ってしまうのでしょうね。ここが仏蘭西でなくてよかったです」

などと冗談混じりの話をしてくれたが、季蔵は常に周囲に気を配っていた。栄二郎はナラ林の中を進み、季蔵はさらに全身を目と耳にしてついて行く。

「このあたりでした」

栄二郎が立ち止まった。生き物たちの足跡も含めて雪の上は踏まれた跡が少ない。

「ありました」

栄二郎が屈(かが)み込んだ。季蔵は立ったまま油断なく周囲を見廻している。

とにかく油断は禁物なのだ。

「これです」

立ち上がった栄二郎が掌(てのひら)の半分ほどの黒く平たいものを見せてくれた。外側は黒褐色から黒色でいぼで覆われている。かさと軸が分かれている、見慣れた茸の姿はしていない。大きなかさだけに見えるのはサルノコシカケやキクラゲのようでもあるが、土まみれであるせいもあり、いぼとも相俟(あいま)って何とも得体が知れず不気味だった。

すでにトリュフなるものの匂いが漂ってきている。強い香りは椎茸や大蒜(にんにく)等に似ていて非、上質の海苔の佃煮(つくだに)のような海産物の香りも混じっている。悪い匂いではなかったが、季蔵にとっては嗅ぎ慣れたものではなかった。

「ちょうどいい食べ頃です。今年は雪が多くこのあたりは深いので、生き物たちが近づかなかった上に、雪の冷たさが氷室(ひむろ)代わりになって、ほどよく成熟したままの姿が保たれていたのでしょう」

大胆にもトリュフを鼻を近づけた栄二郎に、思わず季蔵が眉(まゆ)を寄せた。

「今にあなたもクセになりますよ」

栄二郎は楽しくてならないという様子でにっこりと笑った。

「正直これを使った料理、冬まったけのことを想うと胸が躍るのですよ」

「そのまま焼くとか、煮るとかして食べるのではないのですか？」

松茸や椎茸のように炊き込んで飯にしたりと言いかけて止めたのは、それを想うだけで眩暈と吐き気に襲われかけたからであった。

「トリュフは媚薬に使われたこともあるそうです。ですので、そのまま用いるとしたら媚薬でしょうね。少量を料理に用いるのがトリュフの最も美味しい使い途です。これから帰ってわたくしが作ってまいります」

「よろしくお願いします」

礼を返したものの、まだ吐き気の方は止まらず、

――こんなことではいけない、いけない――

もし、このような不調の時に襲われたらと想像を巡らせて慄然としながら、

――しっかり、しっかり、気を抜くな、歯を食い縛れ――

季蔵はひたすら我と我が身を励ましつつ、トリュフを手にして戻る栄二郎を警護し続けた。

一方の栄二郎は、

「トリュフはアカマツだけと決まっている松茸ほど樹を選びません。トリュフが選ぶ樹は

ナラだけではなく、ブナ、ハシバミ、もっとあります。その上、さきほど申し上げたように、長く楽しめ、これは鳥獣が脂を貯（たくわ）えて旨味を増す頃に重なります。なのでこのトリュフを料理に使うようになれば、もっと鯨や鳥獣肉の料理は美味になると思います」

などとしきりにトリュフを礼賛した。

「只今（ただいま）」

季蔵が戻りを告げて、栄二郎と共に勝手口から店の中へ入ると、

「あっ」

まず一番に嘉助が驚愕の声をあげた。三吉と嘉助は甘酒を飲んでいたところであった。

「季蔵さんがお二人――もしや、離れ離れにでもなっていた双子の弟さんですか？」

――そうだった――

季蔵は自分たちがそっくりなことを思い出した。忘れてしまいがちだったのは季蔵が、もはや表面的な顔形で相手を見ていないからであった。季蔵にはお家騒動に巻き込まれてしまった大名家の五男、四方八方料理大全の指南役松枝栄二郎の悲壮な覚悟だけが見えていた。

二人の一瞬の困惑を感じ取った嘉助は、

「ああ、でも、人はこの世に少なくとも三人、自分とそっくりな他人がいると言いますから、きっとそれなんでしょうね。季蔵さんは男前だから何人、出くわしてもよろしいでし

ようが、醜男(ぶおとこ)のわたしなんて、互いにぎゃっと叫んで逃げだしてしまうんじゃないかって──ははは」

巧みに話を軽めに流した。

二人はそれぞれ嘉月屋主嘉助、菅原道之介と名乗ってひとまず挨拶を終えた。

すでに店の中からは甘酒特有の匂いが消えてしまい、よく熟したトリュフの香りで満ちている。

「道之介さん、胡椒(こしょう)臭い、あれっ、これ、甘酒の匂いじゃないよね。砂糖を入れて温めた牛の乳っぽくもある。何なの？　これっ？」

三吉は首をぎゅっと捻(ひね)り、

「生臭くて土臭くて、青臭い。これは海辺に住む若い娘さんの匂いですよ。悪くはありません、悪くはありませんが、もう、何とも艶(なま)めかしくて、死んだ女房に申し訳なくていけません──」

嘉助は先ほどよりも一層顔を赤らめた。

「それでは道之介さんから冬まつたけを見せていただきます」

季蔵の言葉を受けた栄二郎は軽く握っていた掌を開いてトリュフを小皿に移した。

「冬まつたけのお話を二人にもお願いします」

そこで栄二郎は季蔵に話した内容とほぼ同じ話を繰り返した。

「仏蘭西？　ちらっと耳にしたことはありますが」

嘉助は緊張の面持ちで洩らし、

「ここはその仏蘭西っていうところでもないのに、どうして、そのトリュフとかっていう冬まつたけが見つかるの？　おいら、わかんないよ」

三吉は疑問を投げつけたが、

「それはトリュフにも沢山の種類があって、気候が合って、頼りにする樹さえ見つかれば、仏蘭西に限らず、どんなところにでも生えるからです」

栄二郎は淡々と応え、季蔵は次を急いだ。

「これからこの冬まつたけを使った料理を拵えてくださるそうです」

「あ、でも――」

三吉の目は怖々と小皿の上のトリュフに注がれている。

「ほんとに、こんなの料理に使うの？　大丈夫かなぁ――」

「大丈夫かなぁとは？」

栄二郎は呆れた様子で三吉を見据えた。

「おいら、茸だけは採って食べんなっておっかあに言われてるんだ。茸は似たもんが幾つもあって、よく知ってる食べられる茸のように見えてても、実は違ってて、毒でやられて死んじまうこともあるって――。おいら、怖い、怖いよう、トリュフ怖いっ、嫌だよう、嫌っ、嫌っ」

とうとう泣き声になった三吉を、

「まあ、そういうこともあるでしょうが、これは食べられる茸のトリュフの一つ、イボセイヨウショウロに間違いないので――」

栄二郎が宥めることが出来ずにいると、

「これでもわたし、茸には詳しいんですよ。三吉ちゃんのおっかさんの言う通り、毒茸にはかさと軸の加減が松茸やその他の食べられる茸とよく似たものが多いです。松茸に似ていて食べられるシロマツタケモドキやハラタケにそっくりなのが猛毒のドクツルタケだったりね。あとキタマゴタケには毒のタマゴタケモドキ、ナラタケにはドクアジロガサタケ、クロハツには毒のニセクロハツ等数えきれません。このトリュフとやらにもよく似た毒茸に、ニセショウロというのがあるのですが、見かけはかなり似ていても、毒茸の方は匂いが全くありません。わたしは松茸よりも力強く、鮮烈に香るイボだらけのトリュフこそ、冬まつたけだとおっしゃる菅原様の言葉を信じたいと思います」

嘉助が助け舟を出した。

「嘉助旦那が信じるっていうんなら、おいらも信じる。もう、怖くなんてあるもんか」

三吉は溢れかけた涙を拳でこすって拭った。

「始める前にお願いがあります。勝手口にある竹皮の中身、たっぷりの鶏胆を使わせていただけませんか?」

「ええっ?　おいらが帰ってきた時、道之介さん、ここにいなかったのにどうして、竹皮の中身が鶏胆だってわかったの?」

三吉は驚いた。

「匂いで」

言葉少なく答えた栄二郎は、

「お願いします」

三吉に丁寧に頭を下げて頼んだ。

「でもねえ、わざわざおいらが親切な鶏屋さんまで行って、鶏胆、貰ってきたのはさ、あの鶏胆の南蛮漬け、ちょびっとじゃなくて、たらふく食べてみたかったからなんだけどな」

三吉が含みのある物言いをすると、

「冬まつたけ使いなのですから、これから拵える料理の方が、南蛮漬けよりも美味であると断じることができます」

栄二郎は毅然(きぜん)として言い切った。

「わたしは菅原様の冬まつたけ料理に期待します」

嘉助たちの言葉に三吉の渋面が綻(ほころ)んだ。

「楽しみですね」

季蔵も同調した。

「それでは始めます」

襷(たすき)を掛けた栄二郎の姿は颯爽(さっそう)として見えた。

六

栄二郎は竹皮の包みを開けた。

「ほう、何羽もの鶏の胆類をいただけたとあって、砂肝の量がほどよくていいですね」

砂肝とは鶏等鳥類の砂嚢(さのう)を指し、鶏の胃の一部である。歯のない鶏は食べたものを嚙(か)まずに飲み込むが、消化のために小石や砂粒も飲み込み、砂嚢内で小石や砂粒を利用して食物をすり潰すのである。

「柔らかな胆ばかりではこの料理はつまらないものになってしまいます」

砂嚢に脂はほとんどなく主に筋肉でできていて、コリコリとした食感である。

「下拵えはおいらに任せて」

三吉は集中して砂肝に取りかかった。

「昨日のと違って砂肝もこれだけあるとちょっと大変」

砂肝として料理に用いるためには、砂嚢から小石や砂粒をきれいに取り除いて洗い流す必要があった。

砂肝の処理を終えた後、三吉は他の胆類の黄色味がかった脂や血の塊、筋を盥(たらい)の冷水で丹念に洗った。これらは水気を切ってやや強めに塩をまぶして半刻(はんとき)（約一時間）ほどおく。

この後さらに水洗いして、笊(ざる)に並べ熱湯をかけて表面をさっと霜降りの状態にする。

布巾(ふきん)でよく水気を拭(ふ)き取り、厚手の鍋に入れてたっぷりの胡麻油を注ぎ入れ、大蒜を加えて弱火にかける。

「ここでは決して煮立たせないように。煮立たせると、べたべたした出来の悪い素揚げになってしまい、せっかくの風味が失われてしまいますから。遠火にかけ続け、煮立ちそうになったら火を止め、落ち着いたらまた火を点けて、半刻半（約一時間半）ほど火を通します」

栄二郎は慎重に鶏胆を油で煮上げて火を止めると、粗熱を取るべく深皿に移した。

「鶏胆の方はこれでほぼ出来上がりました。次はいよいよ、トリュフに取りかかります」

栄二郎のこの言葉に一同は息を詰めた。嗅いだことのない、気になる芳香を放っているとはいえ、真っ黒で丸くいぼだらけの代物の行く末、料理法など見当もつかない。

「仏蘭西ではトリュフがえらく高値なため、豚や犬を使って未成熟ゆえの微かな香りを頼りに掘り出すのですが、このトリュフは生き物たちに食べられて胞子を飛び散らせてもらうべく、ナラ林の土の上に出てきていたものです。ですから皆さんが驚かれたように、このままで充分な香りです。けれども、これをこうしてみると――」

栄二郎は俎板の上に乾いた布巾で丁寧に土を落としたトリュフを載せると、包丁でごくごく薄く紙のように切り始めた。

「これは鶏胆料理ではありませんが、仏蘭西には鶏だけではなく、野鳥の丸焼きという、胆類だけを抜いて焼き上げる料理があります。この素朴で大胆な料理は胆が抜かれた胴や皮の下に薄切りトリュフを詰めたり、そっと皮の下に忍ばせたりすると、格がぐんと上がって、王侯貴族に供することができるものになります。トリュフの芳香が胴や皮の臭味を旨味に変えてくれるのです。それゆえトリュフの価値は高いのです」

栄二郎がトリュフを絶賛している最中、

「うわあーっ」

嘉助が叫んだ。

「常日頃、菓子の出来不出来は小豆餡（あずきあん）を煮る時の匂い等、作っている時の匂いでわかるとわたしは店の者たちに言い聞かせています。けれども、会心の出来の菓子作りではあっても、とてもこれだけの香りは出せますまい」

今までふわりとまとわりつくようだった芳香がさらに強まると濃厚さだけではなく、鋭さと切れが出てきていた。

――塩か醤油を一垂らししたこれを飯の上に載せて湯か茶を掛けると、きっと素晴らしく美味いだろう。変わった香りだったがここへ来て、極上の調味料にでもなったかのようだ――

季蔵はごくりと生唾（なまつば）を呑んだ。

「おいら、お腹、また空いてきちゃったよ。こいつを握り飯の芯にするっていうのもいいな」

三吉はほぼ季蔵の代弁をした。

「これもご覧になってください。普通トリュフには、まだら模様や黒い部分が混ざっていることが多いのですが、珍しくこれは完璧(かんぺき)です」

栄二郎は包丁を入れたトリュフの断面を見せてくれた。特徴的な模様が見えた。

「おっ、たしかに切り口まで綺麗(きれい)だ」

三吉は見惚(みと)れ、

「これならトリュフを模した菓子も悪くないと思えてきましたよ」

嘉助も興奮している。

「それでは仕上げに入ります」

トリュフの薄切りを終えた栄二郎は、俎板の上で砂肝と他の胆類を小指の爪(つめ)ほどの大きさに切り揃えた。

「トリュフの薄切りと合わせるにはこのぐらいの大きさでないと。それと季蔵さん、盛りつける大皿はありますか？」

「離れの納戸から探してきます」

「それならもう一つ、お願いしたいことがあります」

「何なりとおっしゃってください」

「裏庭に室(むろ)があったので覗(のぞ)かせていただきました」

「今年はこんな寒さで雪ばかりなので、青物はどれも高値で、毎年、冬場も元気に裏庭で育つ葱類さえも、そのままにしておくと枯れてしまいます。それで室を設(しつら)えて、何とかいつもの年のように青物を賄おうと考えたのです。しかし、ごく小さな室なのに気づかれるとはさすがです」

室とは障子等を用いて土と植えてある作物の四方を囲み、温度を保って冬でも成長を促して、日々の収穫を可能にする工夫であった。

「あそこに春菊がありました。あれを少々、いただけませんか？」

「なるほど、鶏胆の油煮に薄切りトリュフと今時分の春菊。これほどの相性はないかもしれません」

春菊は秋から冬いっぱいが旬で、柔らかな若菜が芽吹いて葉を広げてきた今頃が美味であった。独特の匂いも清々しく決してきつくはない。

季蔵は感心してとって置きの古伊万里の大皿を出し、春菊を摘んで離れから戻った。

大皿に敷かれた明るい緑色の春菊の上に、小さめに切り揃えられた鶏胆の油煮が盛り付けられ、

「これが凄いんです。仏蘭西人もこれほどの贅沢はしていないはずです」

薄切りのトリュフが惜しげもなく全部載せられた。

「さあ、召し上がってください」

栄二郎は三人に小皿と箸を勧めた。

「嘉助さんからどうぞ」

季蔵に促されたが、

「ああ、でも、鶏胆は三吉さんの功労でしょうから」

嘉助らしく遠慮した。

「そんなことない、おいら、旦那さんにはいつもとてつもなくお世話になってんだから。どうぞお先に。旦那さんが食べてくれないとおいら食べられないよ」

三吉らしい辞退の仕方をして、

「それではいただきます、どきどきしちゃってるんですよ、年甲斐もなくわたし」

嘉助は小皿に取って口に運んだ。一同のまなざしが嘉助の箸を凝視している。

「あああ」

嘉助は知らずと目を閉じていて、

「おかしな物言いですが、くらくらしてくるほどの美味さです。わたしの菓子も、これほどの高みを目指したいものです」

しみじみと洩らした。

「香り高いトリュフのおかげで鶏胆も春菊もこれほど香り立つとは――わたしも嘉助さんと同じ思いです。もっと精進しなければと、たいそうな励みになりました」

季蔵は嘉助に向けて頷いた。

「たしかに鶏胆の南蛮漬けよりこっちの方が凄いんだろうけど、おいらは正直、どっちも同じくらい好きだよ。けど、昨日みたいにお稲荷さんのとこに持っていったら、冬まつたけ、ちゃーんと見つけて使ってるし、美味さの余り、相手がひっくりかえっちまうのはこっち、鶏胆の油煮と冬まつたけの和え物の方だよね。あ、でも冬まつたけの姿なくなっちやってていいのかな? ナラ林を探してあと一つ、黒いぼのお化けみたいなトリュフ、探して添えといた方がいいんじゃないのかな?」

三吉が慎重な物言いをすると、

「トリュフはたしかに冬まつたけには違いないのですが、今回のもののように完璧な状態で見つけることは、雪が積もっていることもあってほぼ不可能です。成熟していない、ほとんど香りのしないトリュフほど味気ないものはありません。添えられるのならいっそ、そちらになさったら如何でしょうか?」

栄二郎は椎茸にしか見えない落雁の冬まつたけが並んでいる箱を見た。

「いけませんよ、こんなもの――」

嘉助が面食らっていると、

「わたくしは花や葉、手鞠等の他に、椎茸のように見えて実は松茸なのだという、冬まつたけの落雁があってもいいのではないかと思います。この手の菓子はあるがままの写しよりも、愛おしさを感じる様子が要りますから」

栄二郎は熱っぽく落雁の冬まつたけを擁護した。

「おいら、賛成」

三吉はうれしそうに手を叩き、

「鶏胆の油煮と冬まつたけの和え物に嘉助さんの冬まつたけ落雁を添えて、見ていただくというのはいい案です。こちらの努力が伝わります」

最後は季蔵が決めた。

こうしてこの夜も三吉が稲荷まで、冬まつたけ料理と落雁の箱を運んで奉納した。

七

明け方、季蔵が目覚めてすぐ稲荷に駆け付けていくと、鶏胆の油煮と冬まつたけの和え物の皿は空であったが、椎茸似の松茸の落雁は箱ごとそっくり残っていた。小石が三個並べられていて、これなら及第点だろうとほっとしたのはつかの間で、添えてある文には、〝冬まつたけ確かに賞味、ただし落雁は蛇足ゆえ、今回は落第に近い及第。父、何とか無事だが案じられる〟とあった。

――何と――

添え文の最後の一言が季蔵の胸に鋭く刺さった。頭の中が真っ白になった季蔵は、堀田の家族が住む鷲尾の屋敷へと猛然と走り出した。

途中、

「季蔵」

聞き覚えのある声で呼ばれて振り返ると伊沢蔵之進がいた。

「俺も気になって堀田の家がある、鷲尾様の屋敷へ向かうところだ。通り過ぎた辻のところでおまえさんの姿を見て追ってきたのだ。落ち着いたところで、おまえさんに文を届けさせるつもりだった」

蔵之進の顔色は心持ち青い。

――父上の身に何かが起きたのだ――

自分の顔はもっと青いはずだと季蔵は思った。

「何があったのか、教えてください」

季蔵がさらに知らずと走りを早めたので、

「走りながら話すのは構わないが、走りと話の両方ではそのうち息が切れる。着いて話す時が省けるのだから、少しばかり走りをゆっくりにしてくれ」

「わかりました」

季蔵は心して走りを遅め、二人は並んで走り始めた。

「あのおかしくも腹立たしい脅し料理の方はどうなっている？」

蔵之進の問いに季蔵は相手に供した、いちご鯨汁と冬まつたけの石による評価と添え文の中身を話した。

「それで〝父、何とか無事だが案じられる〟なのか。ふざけやがって」

蔵之進は怒りの真骨頂を吐き出した。

「いったい何が起きたのです？」

季蔵は蔵之進を促した。

「おまえさんの父上は通っている医者から胃の腑に効く煎じ薬を貰っている。ふらふら歩きが始まってからは、その医者の元には辿り着けないので、お琴さんが取りに出向いている。これを煎じて飲むのが日課なのだが、昨日、夕餉の後、おまえさんの母上が常のように飲ませたところ、父上が急に苦しみ出した。吐き下しが止まず、みるみる弱っていくのがわかった。すぐに医者を呼んで診てもらうと、毒が盛られた様子だという。仕掛けた罠にかかり、空腹この上ない鼠にこの煎じた薬を舐めさせてみると、どれもがたいそう苦しんで死んだ。すると医者は〝鼠での試しは確かだ、使われた毒は鼠退治に使われる石見銀山鼠捕りを含むものだ〟と言い切った。水を大量に飲ませて解毒するしかなかった。おまえさんの父上はたいした生命力の持ち主で持ちこたえている。たいしたものだ。俺は一旦、八丁堀に帰ったものの、気になって眠れなかった」

蔵之進は起きたことのあらましを説明してくれた。

「蔵之進様が気になっていたのは父上の容態だけではないはずです」

季蔵が水を向けると、

「そうだ。毒の出処を考えていた。毒が煎じ薬に混ぜられたのはどこだったのかと。医者がもっとも毒に近い場所にいる。しかし医者が大枚を積んだ何者かに頼まれたのだとしたら、もう少し気取られにくい毒を使うのではないかと思う」

そこで一度蔵之進は言葉を切って、

「やはり走りながらの話は応える」

愚痴で話を逸らそうとした。

「お疑いは堀田の家族でしょう？　石見銀山鼠捕りなら、どこの家にも常備されているものですし」

季蔵は蔵之進の話の先を読むと、

「おまえさんの家族が父上を手に掛けることなどありはしないと俺は信じる」

蔵之進は言ったが、

――そうではあるまい。わたしは家族たちが休む暇なく父上から目を離せず、寝込むこともあった母上や窶れた様子の義妹をこの目で見た。弟は畑に貼りつかなければならないほど暮らしぶりは苦しい。父上は死ぬまで治らないだけではなく、薬代や手がかかりすぎる。家族の中の一人が、いや、皆で示し合わせて毒死させようとしたとしてもおかしくはない。しかし、それだとあの脅しの文も家族がわたしに届けたことになる。父殺しをするのにわたしにわざわざ、あのような形で報せるとは不可解すぎる――

解せない思いで頭を左右に振った季蔵に、

「おまえさんの家族が関わっていないことはあの文で明らかだ。もし、そうだとしたら、あんな回りくどいことはしないものだし、第一、あのような料理の名、よほど料理に通じていなければ容易に思いつくものではなかろう」

蔵之進はきっぱりと言い切った。

――あの文が届けられてきた時は、いい加減に無理難題をふっかけてきているだけだと思わないでもなかった。だが、栄二郎様のおかげで、想像の産物だと思っていた冬まつたけなるものが、この世にあってたいそうな優れ物であることもわかった。たしかに相手は料理に精通している。しかし、皮肉にもあの文が家族の潔白の証になろうとは――
「手当が早かったおかげで、おまえさんの父上は胃の腑に残っていた毒のほとんどを吐き出すことができ、今は眠り続けているが早々の回復が見込まれている。何よりだ。今日の朝、朝餉粥懐石で知られている料亭の松葉屋で、万年青会から毒死者が数人出て、お奉行の命により、俺も役宅から駆け付けなければならなかった。それで今、こうして鷲尾屋敷まで走っている」

ちなみに万年青は革質の分厚い針のような形の葉が根元から生え、一尺三寸（約四十センチ）ほどに育つ。この葉に改良を加えて、夏に咲く地味な花ではなく、主に千差万別の斑入りの葉を互いに楽しみ合うのが万年青会であった。万年青会は各地で自由に開かれていた。

「わたしのところへそのような報せはありませんでしたが――」

北町奉行の烏谷の隠れ者である自分ではなく、南町奉行所同心であり、配下ではない蔵之進に命を下すのはよほどの時であった。

「お奉行にはおまえさんの父上が毒を盛られた時、すぐに報せた。幸い大事にならなかったことも続けて報せた。すると松葉屋の惨劇を伝える呼び出しの文が来て、――今頃、季蔵は命が狙われている父親のために奔走しているはず。けしからん脅しの文を届けてきた相手の顔が見えてくるまで、あのおかしな料理作りに専心させてやりたい。どうか、しばらく、代わりを務めてほしい――と書かれていた」

——お奉行の思いやりは有り難いが、どちらも毒が用いられた父上と松葉屋、どこかでつながっているような気がしてならない——

そんな季蔵の胸中を見透かすように、

「そうそう毒での殺しが続くものではないからな。俺もそれを疑っている。松葉屋で毒死していた連中の様子を調べたり、命からがらだった万年青会の仲間の話を聞いたりと、これはもう何が何でも追及したかったさ、ところがね——」

そこでとうとう蔵之進は走りを止め、季蔵の足も止まった。二人はやや足早に歩き出す。

蔵之進は一息ついて、

「これだよ」

胸元から紙を出し、季蔵に渡した。

水原弾正　隠居　元老中　元井本藩十一代藩主　老中首座水原相模守義国の父

中原勝之介　隠居　元若年寄　稲田藩二万八千石十五代藩主　若年寄中原伊予守耿之介の父

土田義右衛門　隠居　元小姓組頭　旗本の十二代目　小姓組頭土田甲斐守義之進の父

司　松之丞　隠居　元大目付　旗本の十三代目　大目付司長門守賢之丞の父

町村采女　隠居　元御側御用取次　旗本の十三代目御側御用取次町村和泉守采一郎の父
日海　慈縁寺住職
字鏡　明照寺住職
良円　増光寺住職
幸庵　有明寺住職
寂光　妙真寺住職

「驚きました」

季蔵はしばらくこの紙から目を離すことができなかった。

「お武家の方々は皆、たいした権力者ばかりなのに、寺の方は名刹とはほど遠く、聞いたことのある寺は一つとして無い。これをおかしいとは思わぬか？」

蔵之進の問い掛けに、

――な、何と――

一昨夜、アカニクをもとめに行った先がここの末尾に記されている、妙真寺であった。

――あの方が寂光様だったのか――

季蔵の頭に小柄で目鼻立ちの小さかった寂光の様子が浮かんだ。

第四話　人参薬膳

一

「お忍びの道楽とはいえ、これだけのお武家の方々がその都度、一堂に会することになるのですから、ただの万年青会とは思えません」

季蔵の口からやっと言葉が出た。蔵之進は先を続けた。

「先の公方様は頑健なお身体の持ち主ゆえ、今の公方様に将軍職を譲られて大御所様になられた後も、変わらずご壮健だと聞いている。さて、老中首座や御側衆等の高く、任の重いお役目は、本来世襲されるはずのないものとされているがどうだ？　大御所様が将軍職にあった時の方々が隠居し、跡継ぎたちが親たちのお役目に就いている。ようは、まだ大御所様が政の要を握り、かつての側近たちは隠居とは形ばかり、跡継ぎを通じて隠然たる力を持ち続けているというわけだ。しかし、今回の大凶事でこの側近と大御所様による、自分たちだけが贅沢三昧を続けて、借金が嵩む一方のだらけた政も運が尽きた」

「大凶事についてお話しください」

「水原弾正以下、中原勝之介、土田義右衛門、司松之丞、町村采女、大御所様の側近連中が皆毒死した」

「僧侶たちは？」

「毒は毒抜きされていないふぐの子であったと思われる。ふぐ食いは禁じられてはいるが、松葉屋ではこの集まりに限って便宜をはかったのだそうだ。これを食する前にびくびくものの住職たちは、揃って経をあげていて皆命拾いした。何せ、ふぐの子は猛毒だからな」

ふぐの子とはふぐの卵巣の糠漬けのことで、卵巣を塩漬けにした後、水洗いして塩を落とし、糠、米麹、唐辛子とともに樽に漬け込み密閉して作られる。この間に脂質と共に毒素が分離して無毒となり、恐ろしくも珍しく貴重ゆえに、カラスミ（干したボラの腹子）よりも格上の絶妙な珍味になる。

「お偉い方々は経などを待たずに召し上がったのですね」

「食い慣れておればそうなろう」

「しかし、どうして昨夜に限ってこれが猛毒のまま、正確には漬け込みの日数が足りず、猛毒がまだ抜け切れていなかったのでしょう？」

「松葉屋ではいつもの年同様、六年間漬け込まれているこのふぐの子は最高級品で、加賀屋からの仕入れものだと言っている」

「ならばどこかですり替えられたのでは？」

「まあ、そうだろう」

「仕入れ先はお調べになったのでしょう？」

「それができればな。先ほど思うように調べも聞き取りもできなかったと申した——」

「たしかに当事者たちはお武家様と御住職で、お屋敷や寺社には立ち入れないのが町方です。けれども、これは松葉屋という市井の料亭で起きたこと。町方にも追及する権限はあるはずです」

「表向きはそうでも実際は違う。言うまでも無いが元幕閣たちは万年青会の名目で、お忍びで松葉屋を訪れていた。客の武家たちが毒に斃れても、どこへ伝えたらよいかわからず、とりあえず北町奉行所へ報せてきたのだ。北町奉行の烏谷様が咄嗟に南町のそれがしを指名なさったのは、地獄耳のあの北町奉行のことだ、兼ねてからこの万年青会に目をつけていて、北町奉行所内でも、起こったことの全てを公にできぬかもしれないと考えておられたのだろうな。俺とお奉行だけが骸が各々の屋敷に引き取られ、坊主たちが震えながら立ち去るのを見ていた」

「その時お奉行様は何かおっしゃっていましたか？」

「〝だがこれは始まりにすぎぬ、この先さらなる惨劇が起きる。上からは見ざる、聞かざる、言わざるのお達しだ。大っぴらに調べはできぬ。前にもこうした事態に陥ったこともあったが、季蔵とそち、二人の力を恃んで黒幕を焙り出すことができた。だが今回は父親の命が懸かり、おかしな脅しと関わっているゆえ、今日を含めてこの四日間、季蔵は動けぬだろう〟と。俺は秘して調べるつもりだ。まずはおまえさんの父上の様子を見届けてから坊主たちに会ってみる」

「なるほど」

納得はしたものの、

――奇しくもわたしは妙真寺の寂光和尚と会っている、市中に妙真寺、慈縁寺、明照寺、増光寺、有明寺のような名も知れない寺は多い。にもかかわらず、この五寺の住職たちが万年青会に選ばれて、大御所様側近の方々と同席していたのには何かある――

寂光を知っていると告げるべきか、どうか迷った末、止めた。

――これを話すには三吉が物盗りと間違えた栄二郎様の事情も多少話さねばならなくなる――

季蔵と蔵之進は昼間でも人通りの少ない溜池脇に入った。ここは草地が続いていて、今は枯れ草を積もった雪が隠して、しんと静まり返っている。

まさにこの時だった。

何人もの黒装束が行く手を塞いだ。手裏剣を手にしていっせいに襲いかかってくる。

――素手で闘える奴らではない、しまったな――

今の季蔵は何一つ武器を携えていない。

「季蔵、動くなよ。少しでも動くと相手の思う壺に嵌まって死ぬぞ」

すでに蔵之進は刀を抜き放っている。冬の弱い光ではあったが、その光を吸って蔵之進の刀がきらっ、きらっと目まぐるしく動いた。手裏剣が刀にぶつかって落ちる、ちゃりん、ちゃりんという音が続いた。瞬きを二十ほどする間ではあったのだろうか、季蔵には果てしなく長い時に感じられた。

黒装束たちがまたいっせいに倒れ、蔵之進が長刀をおさめた。何と不思議なことに、何人もで襲ってきていたはずなのに、倒れている黒装束は一人だった。肩先と足を斬られて血を流している。

「危ういところをありがとうございます」

礼を言ったものの、

――忍びの者をこのように撃退できるほど、蔵之進様は手練れであっただろうか？――

季蔵が不審を隠せずにいると、

「やっとわかってくれたかい？」

やや高めの蔵之進の声がドスの利いた低音に変わった。

「俺だよ、しばらくだな」

栄二郎同様、季蔵とそっくりの顔を持つ疾風小僧翔太であった。

「あんたには敵が大勢に見えたはずだ。だけどそれは光を使った術なんだよ。たいていの相手は惑わされるが、百戦錬磨の俺には効かない。それから殺されようとしたとしても、俺は殺さない」

疾風小僧翔太は黒装束に近づいて抱き起こし、

「たとえ足が不自由になっても、あえて腕は外しておいたから、そこそこ達者に生きることはできる。生きていれば楽しいことも沢山あるぞ。どうだ、仕事は盗っ人だが俺の仲間にならないか？」

耳元で優しく囁いたが、

「馬鹿にするな」

相手はぺっと唾を吐きかけると、すぐに舌を嚙み切った。

「ったく、仕様がねえ石頭なんだから」

疾風小僧翔太は苦笑したがその声はやや悲しげに聞こえた。

「いつから蔵之進様のふりをしているのですか？」

「矢萩藩の松枝栄二郎の様子が気になって、江戸までついてきてからずっとさ。俺とて化けやすい、化けにくいはあってね、俺と背格好が似てる蔵之進には化けやすいんだよ」

「まさか、八丁堀のお役宅に出入りしているのでは？」

季蔵はこのところ、子にも恵まれて、そこはかとなく艶めかしさを醸し出してきているおき玖のことが気になった。

「出入りはしてる。けど、色っぽい御新造さんや可愛い赤子の寝顔はそっとは見せて貰っちゃいるが、手なんぞ出したりはしてねえから安心しな」

「うちの方は？　堀田の家の方は？」

「もちろん出入りしてるに決まってるだろう。でも、あそこの爺さん、いやあんたのおとっつぁんは凄いよ、一度、庭でぼんやりしてたんで、蔵之進の様子で話しかけてみたんだ。

手下に調べさせておいた忍冬の話だってしたんだよ。ところがさ、〝あなたはわたしの知っているお方、伊沢蔵之進殿などではありません。それがしに嘘は通じません〟ときた。家族の他の奴は騙せても騙せねえことがわかったんで、あそこの家の守りは本物の蔵之進に任せることにしたのさ」

「ということは、本物の蔵之進様はわたしの生家で父上のために寝ずの番をしてくださった――」

「そうさね」

「そしてあなたの方は蔵之進様のふりをして、昨夜の大惨事に関わったというわけですね。お話によればあなたはお奉行様とも顔を合わせている。あのお奉行様によく見破られなかったものです」

「いんや、とっくに見破ってんじゃねえかね。けど、今、あんたはおかしな料理に振り回されて動けないんだから、蔵之進が二人居ても悪くない、本物にはあんたのおとっつぁんの守りを任せられるし、俺からは手広く滅多に聞けねえ、とんでもねえ秘密だって聞ける、重宝だって思ってるのさ。特に今さ、俺ほどのお役立ち、他にいねえだろうからね。もちろん、ここまで化けられるのは、疾風小僧翔太の俺をおいていないってことも見当がついてて、それでも平気な顔してるんだろ。俺のことだって本物だって信じ切ってるふりしてんだから、奴はこの先も本物の前じゃ、俺なんかのことおくびにも出しやしねえだろ。勘定ずくですっとぼけてる烏谷はさ、役人にしとくのが勿体ねえほど面白い奴だよ」

疾風小僧翔太が意気揚々と饒舌を披露している様子は、蔵之進の顔のままだということもあり、あまり自分に似ていないと感じて季蔵はほっとしていた。そしてとうとう、

――それに何より、本人が断じているように、疾風小僧翔太は義賊とはいえ盗っ人だ。狙いは巨万の富に等しい、栄二郎様の四方八方料理大全かもしれない――

一昨夜栄二郎と妙真寺まで出向いて、寂光が案内してくれた氷室に貯えられていたアカニクをもとめたことは口にせず仕舞いとなった。

二

鷲尾の屋敷の近くまで来ると、

「まあ、俺は爺さん、あ、いや、あんたのおとっつぁんのことはもうそうは案じちゃいないよ。昨夜は本物の蔵之進も泊まり込んだことだしね。それより、松葉屋の一件をはじめ、気になることは山のようにあるんだ。またな」

煙のように疾風小僧翔太は姿を消した。

この後、季蔵は鷲尾屋敷に裏門から入ると、堀田の家の勝手口に植えられている南天の茂みに潜んだ。しかし、そこからは厨しか覗けず、毒に倒れた父が厨で魚の味噌漬けや粕漬け等、料理自慢するわけもなかった。

――一目でいいから、父上のご無事を、その顔をこの目で確かめたい――

縁側へと続いている座敷が見える表に移動してみても、そこに布団は敷かれておらず、

病臥しているはずの父の姿は無かった。

――その昔からうちで病人が出ると養生は奥の部屋と決まっていたな――

日当たりがいい縁側がある座敷は恢復期には適しているが、病いが発症してしばらくは、薄暗い奥の小部屋の方が落ち着けるというのが母の考えであった。

――しかし、その部屋は今は蔵之進様が起居なさっているはず――

半刻（約一時間）ほど季蔵は誰にも気づかれないよう、細心の注意を怠らずに南天の茂みに佇んでいた。

ようやく諦めがついたところで、屋敷を後にして薬種問屋へと足を向けた。とにかく、今日は人参薬膳なる料理を拵えなければならない。落第と見做されればまた、父の命が狙われるのだ。

人参薬膳であるならば三吉と話した通り、朝鮮人参が使われている料理だとは思う。朝鮮人参を使った料理について、長次郎は以下のように書きつけていた。

> 贔屓にしてくれていた薬種屋の御隠居さんが亡くなり、心ばかりの精進料理と僅かな香典を届けさせてもらったところ、先方からご丁寧に生の朝鮮人参数本が返されてきた。添え書きに興味深い文言があったので、書き写しておく。
>
> 朝鮮人参の美味しい召し上がり方について

その一　蜂蜜漬け。

これは万人が召し上がりやすいものです。土中から掘り出した朝鮮人参は、表面についている土と埃を綺麗に拭き取ることが肝要です。土まみれの時は大鉢に水を張ってしばらく浸けた後、まずは房楊枝（木片の片端を木槌で叩いて房状にした歯ブラシ）を使って優しく丁寧に泥をこすり取ります。この後流水で綺麗にすすぎます。洗った人参を薄めの輪切りにして一晩乾かします。一晩置くことで水分と人参の強すぎる独特な匂いを飛ばすことができます。このまま蜂蜜に漬けてください。七日から十日経つと朝鮮人参風味の精のつく蜂蜜が味わえます。一日に大さじ二、三杯が目安です。

その二　お茶

次に表面に生えている細かい根、ミサムの手入れをします。ミサムは苦みが強いので、切り取って水にしばらく浸け、苦みを和らげてから、刻んで煎じてお茶にします。

その三　参鶏湯

残った主根は茎が伸びている頭の部分を切り落として料理に使います。お勧めは丸のままのひな鶏と一緒に煮込む参鶏湯です。朝鮮人参と鶏肉が相俟って精がつくので、冬場はもとより、夏負けにも効く、朝鮮渡りの薬膳です。朝鮮では一番の人気料理かもしれません。なお、この料理には朝鮮人参の他に大蒜、生姜はもとより、漢方で効能が認められている棗をたっぷりと使います。その他に適量の松の実、クコの実を用いるとさらに一層味の深みも滋養も増します。

さらに長次郎は次のようにも書いていた。

おき玖は蜂蜜漬け、わたしは茶だけを楽しんだ。正直楽しんだというよりも、滋養強壮の薬代わりにと我慢した。独特のこの匂いをわたしたちは歓迎できなかったのだ。そのせいもあって、料理は勘弁、拵えてみる気にはならなかった。

――参鶏湯が人参薬膳の一つであることはわかった。だが、〝拵えてよし、食ってよし〟が口癖の好奇心の強い食い道楽だったあのとっつぁんでさえ、拵える気がしなかったというのだから、参鶏湯とやら、せっかくの鶏が漢方薬まみれの味になって、はて、美味いかどうかはわからない――

季蔵は生家からの帰り道、つきあいのある薬種屋に立ち寄って、掘り立ての朝鮮人参と棗、松の実、クコの実をもとめた。

塩梅屋に戻ると状況を報せる伊沢蔵之進からの文が届いていた。

――父上の身にまた何かあったのではないか？　それとも老齢ゆえ、容態が急変したとか――

一瞬どきりとしたが文面は未遂に終わった毒殺について書かれていた。

わたしが守ると大見得を切ったというのに、おまえさんの父上に一大事が起きてしまった。申し訳ない。救いは毒が少量で命に差し障りがなかったことだ。おまえさんの父上の薬を医者のところへ取りに行ったのはお琴（こと）さんだ。当初、お琴さんは口もきけぬ有り様だったが、父上の容態が安定すると、医者からの帰り道、往来で人とぶつかり、手にしていた薬袋を落としたことを思い出した。

ごろつきのような風体の相手で怖かったが、親切にも薬袋を拾って渡してくれたのだそうだ。薬と毒はこの時すり替えられたものと思う。おそらくおまえさんは気掛かりであろうと思うが、父上を殺そうとした下手人は家族の中にはいない。ごろつきについてはお琴さんが見たままを描いて、お奉行に届けてある。

おまえさんはあのおかしな料理作りに邁進（まいしん）していることと思うが、あと二日だ。俺はおき玖に、拝み倒されて、縁ある大店（おおだな）の守りをしているという方便の文を届け、二日が無事過ぎるまでここでおまえさんの父上を見守るつもりだ。

伊沢蔵之進

季蔵殿

――やはり、敵は外にいたのだ。しかし、これだけでは皆目見当がつかない。時さえ許せばそのごろつきを探し出して問い詰めるのだが、今はとてもその余裕がない――

季蔵は蔵之進からの文を懐（ふところ）にしまうと、きりりと襷（たすき）をかけた。

「三吉、三吉」

呼んだが応えはない。

――室の様子でも見てくれているかな――

勝手口を開けてさらに呼ぶと、離れから栄二郎が出てきて、

「三吉さんならあの鶏屋さんへ使いに行ってもらいました。若めの鶏を一羽丸ごともとめてきてもらうためです」

変わらぬ穏やかな口調で告げた。

「もしや、その丸鶏というのは人参薬膳に使われるつもりでは？」

季蔵は訊かずにはいられず、

「ええ、そのつもりです。人参薬膳の謎かけはあっさりと解けました。あなたも思いつかれたかもしれませんが、参鶏湯です。お急ぎのことですし、勝手をさせていただきました」

栄二郎は軽く頭を下げた。

「とんでもない、ご配慮ありがとうございます。実はわたしも思いついてこれらをもとめてきたのです」

台の上に朝鮮人参と棗、松の実、クコの実が並べられた。

「参鶏湯は朝鮮人参の代表的な薬膳料理ではありますが、参鶏湯の醍醐味は朝鮮人参だけではなく、加えられる棗、松の実、クコの実からもさらなる薬効が期待できることなので

す」

　ここで栄二郎は紙に筆で以下のような薬効をさらさらと記した。

　参鶏湯に用いる漢方薬の効能一覧

・朝鮮人参――食欲不振、心身の疲労、下痢、虚弱体質、無気力、冷え性の改善。

・棗――乱れた心を平静にし、不眠を防止する。血行をよくしたり、美肌に導く滋養強壮効果もある。

・松の実――咳止め、便秘、物忘れの改善、美肌、滋養強壮。

・クコの実――滋養強壮・疲労回復・めまい・耳鳴り・視力減退の改善、肺を潤す咳止め効果もある。

「なるほど。どれも誰もが罹りがちな軽めの病や溜まった疲れを癒し、女子が望んで止まない美肌作りに役立つとあっては、これらを用いる参鶏湯はきっとたいした薬膳なのでしょう」

　季蔵は俄然、やり甲斐が溢れてきた。

「美味しそうな大棗ですね」

　栄二郎は目を細めて、

「実はわたくし、母の実家の裏手にあった棗の実が大好きだったんです。爪の先ほどの大きさで、味は野りんごのような甘味と酸味がある、乾かして漢方薬の大棗にしてしまうのが惜しいほど、たいそう美味しい夏の水菓子です。この棗はわたくしが産まれた時、藩医だった祖父が植えたのだそうです。実のつく時季が楽しみでなりませんでした」

棗に関わる家族の昔話をふと洩らした。

三

「祖父は本道（内科）だけではなく、蘭方にも明るく、刀傷や鉄砲傷の手当の他に、腫瘍の摘出も行うほどの蘭方医でもありました。血とも肉ともなっている知識と術、ある意味、わたくしがこのお役目に殉じることを決めたのは祖父の血を受け継いでいるからではないかと思ったりすることがあるのです。特にこの祖父と縁のある棗を目にすると――」

じっと棗に目を注いでいた栄二郎は、

「生の棗を囓って食べていましたが、このように干した大棗も、酸味より甘みが強く美味ですよ」

大棗を摘まんで口に入れた。

「季蔵さんもいかがです？」

「そうですね」

栄二郎に倣った季蔵は大棗に手を伸ばしながら、

――訊くのなら今だな――

「アカニクをもとめられた妙真寺御住職の寂光様とは長いおつきあいなのですか？　お人柄は？」

　思い切って訊いたが、

「ええ、まあ。向こうは新しいアカニクを高値で売る、こちらは要るのだから高値でも買う。それだけの縁です。あちらは秘しての商いですし、こちらは経を聴きに行くわけでもない。お互い、人柄がわかるようなつきあいはしていません。名も今はじめて知りました」

　栄二郎はあっさりと躱して、

「大棗はお粥に入れたり、汁にしたり、煮出して棗茶にしてもなかなかです。とかく良薬口に苦しですが、おだやかな滋養強壮をもたらす、これは違います。そうそう、海を渡った先の隣国には、昔から〝一日食三棗、終生不顕老〟という言葉があります。一日三個の棗で若さが保たれるというのです。隣国では後宮つまり大奥の美女たちに欠かせないお八つだったとも言われています」

　棗の話に戻って、その食し方や薬効について熱く語った。

「たしかに甘酸っぱい美味しさは杏といい勝負です。その上、優れた薬効があるというのなら杏以上でしょう。この先、もっと植えられて広まってほしい果樹ですね」

　相づちを打った季蔵は、

――栄二郎様のようなお方は血なまぐささが伴う政や、料理に関わる商いには興味がなく、ただただ四方八方料理大全を極めておいでなのだろう――一時でも栄二郎と松葉屋で起きた惨事を結びつけたことを恥じた。

――わたしは自分で思っている以上に、隠れ者の仕事に呑み込まれているのかもしれない。まずは料理人季蔵であらねば――

反省したところに、

「ただいまぁ」

油障子が勢いよく開けられて三吉が帰ってきた。大きな油紙で包まれた丸鶏を手にしている。

「道之介さんが拵えるのは参鶏湯っていう料理で、丸のまんまの鶏を使うんで、頭と羽のない鶏がいいっていうもんだから、鶏屋のおじさんに言って、これ、また、貰ってきちゃった。昨日の鶏鍋用に用意したんだけど、その予約、お客さんの都合で流れちゃったんだって」

三吉が得意げに油紙の包みを開けると、台の上に羽と頭のない大きな鶏がごろんと転がった。ちなみに鶏屋にはももんじ屋同様、売り物の鶏で鶏鍋を客に供する店もあった。

「見事な丸鶏ですね」

栄二郎はうれしそうに見入った後、

「ここまでに下拵えをしてあるものだと後が楽です」

早速、鮮やかな手さばきで鶏の腹から肝類を取り出した。

「えっ？　それ、使わないの？　鶏肝料理って道之介様のお得意じゃない？」

残念そうな三吉に、

「丸鶏を使った料理は肝を抜いて使います。胆は胆、肉は肉で食べる方が美味で、肝の臭味が肉に移ると少しも肉が美味ではなくなるからです。ですので、それは後で三吉さんが鶏肝の南蛮漬けにでもしてください」

言い含めた栄二郎は、

「といって、肝を抜いた後は洞が出来てしまうので、ここは糯米で埋めなければなりません」

先を急いで糯米を軽く研いで笊にあげ、水気を切った。

「糯米って研いだら一晩水に浸けとくもんじゃないの？」

三吉が首を傾げると、

「赤飯とか、菓子類は蒸すので、そうしなければ口当たりよく柔らかになりにくいのでしょうが、これは長く煮るのでそこまでしなくてもよいのです」

応えた栄二郎は深鍋に水を張ると、朝鮮人参、大棗、クコの実、潰した大蒜、薄切り生姜を入れて火にかけた。この時、大棗適量、クコの実少量を別に用意し、鍋に入れない松の実適量と一緒に取り置いておく。

「この料理の肝は漢方出汁なのですね」

季蔵が洩らすと、

「ええ、その通りです、薬膳なので漢方の生薬が使われるのです」

栄二郎は大きく頷いた。

「朝鮮人参を圧倒的に多く使うのだと思っていましたが、大棗や大蒜、生姜もかなり使うのには驚きました」

「たっぷりの大蒜、生姜で皮ごと煮る鶏の臭味、大棗の甘みと酸味、風味がクセのある朝鮮人参の匂いを丸くしてくれるのです。この料理は漢方出汁の極みだとわたくしは思っています。これほど漢方出汁を豊かに味わえて、身体に多くの薬効を取り入れることができる料理は他にありません」

栄二郎はきっぱりと言い切った。

すでにぐらぐらと大鍋が煮たってきている。

「ここからは弱火にして半刻ほど煮出します」

栄二郎は竈の火加減を変えた。

「漢方材料を煮出している間に、丸鶏の方に取りかかることにします。丸鶏は表面の皮の部分だけではなく、肝等を取り出した後を徹底的に清めなければなりません。肝等や太い血の筋が残っていると、臭味が残ってしまい、せっかくの詰め物が台無しになってしまうからです」

「へーえ、鶏の腹に詰め物するなんて料理、おいら初めて見るよ」

三吉が興味津々で見守る中、栄二郎は綺麗に水で洗い流した鶏の腹に詰める物を用意し

た。鉢で、笊にあげてあった糯米、大棗、松の実適量、クコの実少々を混ぜ合わせたところで、

「これに栗(くり)があると最高なのですが」

　腕組みをして洩らした。

「甘煮にした栗ならあります」

　季蔵がそっと言った。

　栗を冬場も箸休(はしやす)めに食べたいという客たちの希望で、塩梅屋では豊作だった栗を甘露煮にして大甕(おおがめ)に貯え、冷暗所で保存している。

「是非、それも入れましょう」

　栄二郎は嬉々(きき)として頷き、

「栗にも何かの効き目ってあるの？」

　三吉の問いに、

「何よりの風邪予防になりますが、これは栗の美味しさ、甘さが疲れをとってくれるからでしょうね。よしっ、少し多めに入れましょう」

　栗を讃(たた)えた。

「大棗といい、甘いものがお好きなようにお見受けしました」

　季蔵が言い当てると、

「実はそうなのです。酒よりも水菓子、饅頭(まんじゅう)という甘党です」

無邪気な笑顔を見せた。

――この顔、この笑顔を信じないで何を信じろというのだろう――

季蔵は妙真寺の住職寂光のことはもう二度と訊くまいと決めた。

栗の甘煮を含む鉢の中身を篦でざっくりと混ぜ合わせた後、栄二郎は木匙を使って丸鶏の腹の中へこれを詰め込んでいった。

「タコ糸はありますか？」

「あります。わたしが縫いましょう」

季蔵が即買って出た。

「腹に空けた穴だけではなく、首の穴、お尻の穴、全ての穴をしっかり縫い合わせてください」

「わかりました」

「ああ、でも、縫うのは鶏の肉なので、普通の針ですと折れてしまいますが――」

「大丈夫です、先代から譲り受けた専用のものがあるはずですから」

季蔵は離れへ走って、納戸に置いてある小簞笥の引き出しから、わざと湾曲させてある太い針とタコ糸を探し当てて戻った。

――これがあるということは、とっつぁんも鶏やももんじ料理を試したいと思っていたのだろう――

どこまで行っても、ここで良しとはせず、深く広く探究せずにはいられないのが、料理

人というものの業なのだろうと季蔵は思った。そんな季蔵の気持ちを察したかのように、

「先代が亡くなられたのは病ですか？」

栄二郎は訊いてきた。

「いや、突然、不慮の――」

季蔵が続く言葉を濁すと、

「わたくしが死を恐れるとしたら、理由（わけ）はただ一つ、冥途（めいど）では料理を作れそうにないからです」

栄二郎はにこりともしない、大真面目（おおまじめ）な顔で言った。

この後、丸鶏を大鍋に入れて、ひたひたに漢方出汁に浸っている状態で参鶏湯になるまで弱火で煮ていく。漢方出汁の中のものは取り出さず、煮詰まったら酒と水を半々ぐらいにしたものを加えてひたひたを保つ。

「三吉さんが貰ってきてくれた丸鶏は大きさがある上に、もうすぐ卵が生めるほどに育った若い雌鶏（めんどり）なので楽しみです。ただし、交代で煮え加減を見張って、五刻（約十時間）ほど煮込まねばなりません」

栄二郎は浮き浮きしていた。

四

五刻が過ぎると栄二郎は大鍋から丸鶏を俎板（まないた）の上に移した。漢方と鶏の出汁だけを土鍋

に入れて、塩で味付けをする。

「できれば赤穂の塩があれば、ただ塩辛いだけではなく、そこはかとなく甘みがあってよいのですが――。ちなみに参鶏湯の漢方薬と鶏による濃厚な出汁は、食する丸鶏以上に滋味滋養に富んでいて、まさに啜る滋養強壮の薬なのです。是非ともよい味付けで美味しく飲んでいただきたいのです」

幸い塩梅屋で使われている塩は味付け用に限って赤穂の塩であった。

「素晴らしい」

栄二郎の感嘆ぶりに、

「一膳飯屋でもこと味に関しては、多少の矜持はなくてはならないというのが、先代の口癖でしたから」

季蔵は微笑んだ。

こうして漢方薬と鶏の出汁に味がつけられた。

「味わってみてください」

栄二郎に勧められて季蔵と三吉は各々木匙を使った。

「あ、旨ーい、おいら、病みつきになりそう」

三吉はもう一匙、その出汁を掬おうとして止めた。

「参鶏湯じゃ、こいつの方が丸鶏よか、大事だったんだっけ」

「今まで味わったことのない不思議な美味しさです。朝鮮人参ならではの匂いは消えていないのに、気になる薬臭さとは全く無縁で感激しました」

季蔵は感じた通りを口にした。

「さて、いよいよ仕上げにかかります」

栄二郎は俎板の上で丸鶏のタコ糸を外した。

「さっき、訊きそびれちゃったけど、どうしてタコ糸で鶏を縫わなきゃなんないのかな？」

三吉の遅ればせながらの問いに、

「鶏のお腹を縫うのは当然、詰め物が出汁の中へこぼれ出ないためです。首とお尻を縫うのは、とにかく、長く煮るので、鶏の旨味を逃がさないようにという用心です」

栄二郎はてきぱきと応えながら、塩で味付けした出汁が入っている土鍋に、タコ糸を外した丸鶏を入れた。

「一旦土鍋の蓋をして出汁を煮立たせ、その後蓋を取り、長くても半刻ほど煮て味をしみこませて出来上がりです」

栄二郎は出来上がった参鶏湯に、輪切りにして用意してあった小葱をちりばめて完璧に仕上げた。

この時すでに夜半、夜四ツ（午後十時頃）であった。

「この料理は一刻半（約三時間）で鶏肉が柔らかくなって、もちろんこの状態でも十分美味しく食べられますが、さらに三刻半（約七時間）煮込むと軟骨まで柔らかくなって、鶏肉と軟骨、両方の食感を楽しめるのです」

栄二郎の説明に、

「骨まで食べられるんだって」

三吉はごくりと生唾を呑んだ。

「おいら、そんなのまだ食べたことないっ。食べてみたいっ」

三吉は興味津々に身を乗り出した。

鶏の軟骨とは胸部と膝に多くある柔らかな骨のことである。

「これは丸鶏の料理とも言えるので、供する相手がいる以上、ここで一部を切り取って味見はできないのです。残念ながら今回は諦めてください。必ず日を改めてお作りしますから」

栄二郎は宥め、季蔵は全く予期していなかった部分が、食べられるようになるとわかって、

「さすが鳥獣肉の大家の深みですね」

世辞ではない賛辞が口を突いたが、

「褒めすぎですよ。信濃等山の多い国で行われている、雀等の小さな野鳥食いの神事をご存じでしょう？　仕掛けた大きな網でたくさんの野鳥を獲り、頭を落として羽を毟ったものを串に刺し、強火で炙るようにこんがりと焼いて、どれだけ食べられるかを競うものです。この時の小さな野鳥は骨ばかりで肉は僅かです。けれども骨は細く柔らかなので、強火で炙っただけで、口の中でかりかりと砕いて食べられるのです。参鶏湯で丸鶏をじっく

りと煮るのもこれと同じ目的です。もとより、わたくしならではの工夫などではなく、そう変わった趣向でもありません。わたくしは先人に倣っているだけのことです」

栄二郎は間が悪そうな顔で謙遜した。

ともあれ、こうして仕上がった参鶏湯はまだ湯気の上がっているところを、土鍋のまま稲荷へと三吉が運んだ。

――これに文句はないはずだ――

季蔵は小石が五つ並べられる様を想い描いて、ほっと安堵のため息をつき、このところの常で着替えずに眠りに就いた。明け烏の鳴く声にはっと目が覚め、そっと勝手口から出て稲荷へと走った。

――万全のはずだが、幾らでもけちは付けられるし、揚げ足を取ることもできる。もしかしたら――

不吉な想いにとらわれつつ稲荷の前に立ったところで、ようやっと闇の深い冬の夜空が白みはじめた。

季蔵は土鍋の置かれている場所まで突進した。参鶏湯の独特で濃厚な匂いが立ちこめている。

――中身の丸鶏と汁がなくなっているはずだが――

急いで蓋を取った。

「ええっ？」

思わず季蔵は蓋を落としそうになった。

軟骨まで食べられる程に煮込んだ丸鶏が汁の中に鎮座している。

小石が並べられているはずの近くを見た。無い。添え文の影も形も無かった。

「どういうことなのだ？」

季蔵は知らずと大声で叫んでいた。

すると、ひゅーっと音がして、矢が目の前にある銀杏の木の幹に突き刺さった。

――これが添え文の代わりだとしたら、この料理には積む小石もないと告げるためだろう。とすると今頃、父上は――

悲愴な想いで季蔵は銀杏の幹から矢を引き抜いた。矢に結び付けてあった文には以下のようにあった。

いろいろ気掛かりなこと多く、急にここでおかしな料理を賞味する、おかしな輩の顔でも見て、憂さ晴らしをしたくなった。ところが三吉が届けに来る前から、見張っていたというに、何と誰一人現れなかった。とはいえ、気落ちなどしてはおらぬぞ。何より、美味そうな鍋の中身を横取りできるのだからな。使いの者がそろそろ来るはずだ。いや、もう来ているかもしれぬ。その者に参鶏湯なる料理の汁を託せ。丸鶏はそちにいつぞや教えた羅生門河岸の切見世に届けよ。わしは一足先にそこで待つ。さてさて、面白くなってきたではないか？

烏谷

季蔵殿

この後、季蔵は、

「そのような事情でお奉行に頼まれました」

自分そっくりな声に話しかけられてぎょっとした。

汁だけならたっぷりと入る中くらいの土鍋を手にした自分がそこに立っていた。

「疾風小僧翔太参上ってわりには舞台が地味だよな」

相手の声ががらりと野太く変わった。

「また、こいつかっていう、うんざりした顔してるけど、俺はこれから滋養のある参鶏湯ってえ汁を、弱ってるあんたのおとっつぁんに届けてやろうとしてるんだけどな。ああ、でも、その前に一つ謝っとく。店の厨に見あたらなかったんで、離れの納戸からこの土鍋を探して持ってきた。いいね、蓋に春の七草が描かれてるこの土鍋、どんなに冬の寒さが続いても、いずれ春は来るってさ。あんたもそう思わねえかい？」

相づちをもとめられたが季蔵は応えられなかった。

――お奉行の字に相違なく、矢文は偽物ではないだろう。しかし、脅されて書かされたのだとしたら？　親しげに話しかけてくる疾風小僧翔太が味方でないとしたら？　参鶏湯の中にまたしても毒物が仕込まれてもおかしくない――

「どうやら、あんた、俺を信じてくれちゃいねえようだな」

疾風小僧翔太の面相が変わった。目鼻立ちは季蔵のままだが、目だけではなく、全体にぎらついた印象だった。熱くも冷たい焔が目になり、顔になっているかに思われた。

「まあ、どうせ、俺は盗っ人だからな」

そう告げられた瞬間、季蔵の土鍋を持つ手の感覚が失せた。そして気がついた時には、土鍋の中の汁と共に疾風小僧翔太は消えていた。そして、遠くから風に乗って、

〝俺は盗っ人だが殺しはしねえよ、安心しな〟

疾風小僧翔太の声が聞こえてきた。さらにまたその声が続いた。

〝信じてくれそうにないんで言わなかったことがある。あんたが離れで世話してる矢萩藩の奴のことだ。鍋を探しに行った時、まだ暗いうちだってぇのに、あいつ、離れのどこにも居なかった。草履もなかった。あいつのことは俺も助けたんだから、とやかくは言いたくねえんだが、一応は報せとくぜ〟

――この場は成り行きに任せてみるしかない――

季蔵は丸鶏の残った土鍋を手にして羅生門河岸へと向かった。

五

吉原遊郭の中でも外れにある羅生門河岸は、安く遊べるものの、遊女の質が一定でないこともあり、手狭な娼家が並んでいる。

いつだったか、季蔵をそんな店に案内した烏谷は、言葉少なく出迎えた地味な形の大年増が、階段の上まで案内し、頭を下げて階下へと消えたところで告げた。

「ここは吉原にこそあって、切見世の一つであるかのようだが、実はこうして人に訊かれたくない話をする場所なのだ」

二階へ上がってしまえば、もうそこは二人がたびたび示し合わせて会う、市中の水茶屋と変わらない。あの時と異なるとしたら、すでに烏谷は二階に先に着いていて、畳の上にごろりと横になっており、

「あの参鶏湯の半分をそちに食わせて貰えるとは思いもしなかったぞ」

待ちかねたように起き上がったことだった。

盃と燗酒、俎板に包丁、皿、箸、小盥、手拭き等が用意万端に運ばれて並んでいる。

「半分と申したのは、あの黄金と比べても引けをとらない、あの命の汁とも言われている、参鶏湯の汁を惜しくもそちの父親に譲ったからだ。父親は命こそ取られはしなかったものの、老齢の身ゆえ、毒など口にしてはさぞかし弱っていることだろうからな。弾みで寝ついてしまっても大変だ。しっかりと精をつけるに限る」

しきりに父親を案じてくれる烏谷の言葉に、

「ありがとうございます」

季蔵はまず頭を下げて、

「それでは――」

参鶏湯の丸鶏が入っている土鍋の蓋を取った。

「良き匂いよのお」

烏谷は大きな目を思いきり細めた。季蔵は丸鶏を俎板の上に置くと、

――食べやすいよう鶏肉を削ぎ切りにしていくしかない。だが、腹の詰め物はどうしたものか――

どのように供したものかと一瞬思案した。だが、すぐに、

――何と生姜や大蒜は残してあるのに、腹の詰め物は抜き取られている、やってくれたな、疾風小僧翔太――

気がついて唖然としていると、

「腹の中身は汁と共に食うものだ。現世にいながら、これ以上はない極楽浄土の粥が味わえる。美味いだけではなく、元気が身体の中から沸き上がってくる粥だ。そちの父親は果報者よ、羨ましいっ」

烏谷がふわふわと笑った。

「ありがとうございます」

また礼を言ったものの、季蔵はまだ包丁を使えずにいた。

「早く食わしてくれ」

とうとう烏谷が痺れを切らした。

「参鶏湯は汁と詰め物と丸鶏が一体となってこその料理ではないかと思います。有り体に

申しますと、本来の旨味が出汁に溶けてしまっている丸鶏を、どうすれば美味しく御賞味いただけるのかと――」

正直季蔵は思い悩みつつ、仕上げに用いられた葱を残して、出涸らし状態の生姜と大蒜を取り除けた。

――やはり、大棗や松の実、クコの実、栗までもが入っている詰め物と濃厚な汁あっての参鶏湯なのだ――

するとそこへ、寡黙な大年増が盆に載せた小鉢を持って階段を上がってきた。

「ご用意出来ました」

「ご苦労」

労った烏谷に代わって季蔵はその盆を受け取った。

「これは鶏肉を浸して食べるタレでしょうか？」

「その通り」

「お奉行様がここまで参鶏湯に通じていらっしゃるとはついぞ知りませんでした」

「わしの千里眼を知っておろう？　特に美味いものは決して見逃さぬ。上の連中とのつきあいで一度本場仕込みの参鶏湯を味わって以来、病みつきになって、薬種屋でこれを特別な相手だけに供する店があると聞くと、是非とも食わせろと出かけずにはいられない。彼の地では丸鶏を食う際のタレにコチ何とか（コチジャン）という、変わった味噌が使われるのだそうだが、手に入れるには禁制を犯して海を渡らねばならぬ。そこで何とか、薬種屋たちは近くにある味噌で工夫しているのだとか——。その工夫の程を聞きだして、料理はなかなかの腕と見込んでいる、ここの女将に作らせた。そち、薬種屋苦心のこのタレを舐めてみてもよいぞ」

「それでは——」

季蔵は一舐めして驚いた。

「これは何とも——」

「変わったタレだが、悪くはなかろう？」

「それは、もう——」

季蔵の舌は迅速にタレの中身を探った。

——これには醤油、酢、砂糖、味噌、一味唐辛子、胡麻油、擂り胡麻が混ぜられている。この強さと濃厚さはもしかして——

季蔵はもう、迷わず丸鶏の背中に包丁を滑らした。削いだ鶏肉を皿に盛り付け、このタレと共に烏谷に供した。

「美味いっ、これは幾らでも食べられて酒が進むっ。そちも食うてみよ」

「はい」

季蔵も箸を手にした。

「たしかに仰せの通りです。朝鮮人参とタレがいい塩梅に響き合っているような気がします。わたしには初めての味です。出汁になってしまい、薄まっているかのようだった鶏の旨味が引き出されています。きっと軟骨にもこのタレは合います」

季蔵は胸と膝の柔らかに煮えている丸鶏の軟骨を外して皿に盛った。

「ほう、軟骨とはな」

再び烏谷は大きな目を一筋に変えた。

「お奉行様にはたいしてお珍しくもないでしょうが」

「いやいや、参鶏湯食いはそこそこ極めているつもりであったが、これは初めてじゃ。薬種屋の主たちは一様に、〝大きな鶏を選んでよくよく煮込んでおります〟と言って、丸鶏から綺麗に肉を外して、骨ばかりになった様子を見せてくれるだけだった」

そう洩らしつつ、烏谷は箸で摘まんだ軟骨を口に運ぶとかりかりではなく、からからと絶妙な音を立てた。

「たしかにいわく言い難いいした旨味だ。これもまた病みつきになることだろう」

そこで一度言葉を切った烏谷は、

「しかし、なぜ、そちは参鶏湯の軟骨食いなど思いついたのだ？　父親の命が懸かっていて、長次郎の料理日記も遺っているだろうから、そちが人参薬膳から参鶏湯に導かれたのはわかる。だが、なにゆえ、軟骨食いまでわかって試せたのだ？」

大きな目をぎょろりと剝いた。

――お奉行は栄二郎様のことを御存じだ――

季蔵はひやりとしたが、

「この丸鶏は三吉が鶏屋の主から貰ってきたものです。それがたまたま、もう少しで卵を生むことのできる、若い鶏だったので、軟骨を食することができたのです」

自分でも意外なほど冷静に応えた。

「なるほどな」

言葉とは裏腹に烏谷の目は疑惑を深めている。

「偶然の美味さとはな。だから料理は面白く、美味い、堪えられない。そうなると、こうして料理の難題を突き付ける奴の気持ちもわからぬではない」

烏谷はわははと大口を開いて笑ったが、その目は冷ややかに見開かれている。

「そちは、前の二品の話をまだ聞かせてくれておらぬぞ。是非とも聞かせてくれ」

そこで季蔵はいちご鯨汁が鯨のアカニク使いの団子汁、京風の鯨汁に近い味わいのもので、冬まつたけとは遥か遠い遠い国々でもてはやされてきた、あちらでは高価なトリュフのことと解した話を淡々と続けた。

「京風の鯨汁は食うたことがある。しかし、あれではあまりにあっさりしていて、食べ応えがない。わしは鯨の脂が汁に浮いている、気取りのないごった煮のような鯨汁の方が好きだ。冬場を凌げる精がついたような気がするからだ。それに臭味のない生のアカニクをこの江戸で手に入れるのはむずかしかろう? 入手できたとしてもかなりの高値のはずだ」

――何とお奉行はわたしたちのアカニク買いのことも知っている――

カマを掛けられているとわかった季蔵は、

「説明が足りませんでした。団子には臭味のない生のアカニクではなく、揚がって捌かれたばかりの鮪の脂身（中トロ）を代わりに用いました」

「なるほど、なるほど」

烏谷は感心したように相づちを打ちつつも、

「そちはあの脅しの文を受け取ったその日のうちに、いちご鯨汁とやらを作らなければならなかった。まずは謎解きだ。いちご鯨汁とはどんなものなのかを考える時がまず要る。その上、幾ら犬も食わない鮪の脂身とはいえ、よくも都合よく間に合ったものよな」

鋭い指摘をしてきた。

「それはもう、紺屋の白袴になるまいと必死でした」

紺屋の白袴とは、他人の白い袴を紺色に染める紺屋は染める仕事に忙殺され、自身は白色の袴をはいていることから生じたことわざであった。

「父の命を何としても守りぬきたかったのです」

さらに季蔵は言い募った。

「〝火事場の馬鹿力〟とはよく言ったもので、たしかに人は切羽詰まると、驚くほど迅速に動くことができるものよな」

烏谷はここでの追及を諦めて、

「それにしても、冬まつたけが比喩ではなく、実際に生えていたとはな」

次に移った。

六

「トリュフは、ブナやナラ、どんぐりが落ちている近くの林で見つけることができるのです」

あえて誰かに聞いた話にはせずに季蔵は言い切り、これをふんだんに用いた鶏胆料理について話した。

「簡単に見つかるのなら是非とも賞味したいものだ」

烏谷はごくりと生唾を呑んだ。

「わしでも見つけられるかの？」

「もちろん。ああ、でも、たいていの茸(きのこ)にはよく似た姿で毒のあるものがあります。このトリュフにもあってニセショウロと名付けられています。やはり、調理はわたしにお任せください」

季蔵は微笑み、

「是非とも頼む、これぞ食いしん坊の業よな」

烏谷も笑った。二人とも目は笑っていない。

常にない緊迫した空気に気づいた烏谷が、

「冷えてきたな」

両袖(りょうそで)に手をすっぽりと入れた。

「また、雪でしょうか」

立ち上がった季蔵が障子を開け、白い雨のように降って積もる雪を見つめた。

「寒い理由がわかったぞ。うっかり、せっかく用意してくれた酒をまだ飲んでいなかった」

――お奉行らしからぬことだ、お奉行もまた、栄二郎様について、アカニク買いのことも含めて、決して語らぬわたしとの時を重く感じられ、張り詰めておいでだったのだ――

「燗酒がすっかり冷めてしまった」

「温め直しましょう」

季蔵は長火鉢の上でしゅんしゅんと音を立てている薬罐(やかん)の蓋を取ろうと屈(かが)み込んだ。

この時、二つのことが相次いで起きた。階下から上ってきた三毛猫が残っている鶏肉を狙(ねら)って躍り上がったかのように見えた。猫の口に鶏肉が咥(くわ)えられて弾丸のように階下へ飛び去って行く。膳に置かれていた燗酒が畳に跳ね飛んだ。そこへ冬場の長い空腹に耐えかねた鼠(ねずみ)が柱を伝って天井裏から下りてきた。チュウと一声鳴いてまずは畳に染みこんだ酒を舐めた。チュウチュウと鳴いて仲間を呼ばなかったのは、ぶるっと苦悶(くもん)に震えてその鼠が息絶えたからであった。

「お奉行、これは――」

季蔵は青ざめ、

「やられかけたな、わしとしたことが」

烏谷はすでに階段を下り始めていた。季蔵も従う。

「女将はいるか、無事か」

烏谷は大声で呼んだが応えはない。二人は階下の部屋を調べ始めた。石見銀山鼠捕りの入った瓶は厨の台にあった。

「女将、女将」

なおも烏谷は呼び続けたが何も返っては来ない。

季蔵は階下の押し入れや納戸を開けていく。

「どこにも居らぬな」

「もしや、ここの女将がわたしたちを――」

「いや、そんなことはない。あれに限ってあるはずもない」

湧き上がってきている強い感情を珍しく抑えきれないでいる烏谷は、大声を上げかけて、あわてて両手で口を押さえた。

「まだ、ここに敵が潜んでいないとも限りません」

季蔵の声は知らずと低められている。

――前に来た時、お奉行は正式な妻ではないが長年連れ添ってきている、お涼にはこの家のことを言うなと言った。女将については理由ありだとしか言わなかったが、以前は男女の絆で結ばれていたこともあったのではないか？――

「もしかしたら――」

季蔵の足は二階に向かった。

二階の客間にも押し入れはある。季蔵は思いきって押し入れの襖を引いた。

――やはり――

くの字に曲げられた無残な姿の女将の骸があった。首には紐で絞め殺された痕がある。

「何と――」

烏谷が隣りに立った。屈んで女将の骸に触れると、

「骸の固さからはかると殺されて三日は経っている」

「ということは先ほど出迎えてもてなしてくれた女は――」

「俺を上に上げてくれて、酒の用意や参鶏湯のタレを言われた通りに拵えてくれたのも、女将に化けていた別人、これだけ悟られずに化けられるとなれば並みの者ではなかろう。どことはわからぬが謀ったのは忍びだな。もちろん裏には操る大物が居る」

「タレにではなく酒に毒を入れたのは、たいていは酒を先に飲むからでしょう」

「タレにも入れておけば、今頃我らは骸になっておったろう。酒なら絶対間違いなくやりおおせると踏んだ。自信の強い奴よな」

「その自信が仇になりました」

「そ、そうではないかもわからぬぞ」

そこで烏谷は大きな身体をよじるようにして苦しみを訴えると、

「やはりタレにも毒が――。そちとて無事ではあるまいが、わしよりはタレに浸した鶏を多くは食べてはおらぬゆえ、助かるかもしれぬ、あ、後を頼むぞ、そ、それとこれでそちの父親はもう大丈夫だ、安心いたせ」

どうとうつ伏せに倒れた。

季蔵は多少の毒が身体を廻っている苦しみに耐えながら、南茅場町にあるお涼の家を訪ねた。

「お奉行のことで折り入ってお話がございます」

そう告げると、

「瑠璃さんはお座敷にいます。聞かせたい話ではなさそうなので外へ出ましょう」

気丈な様子でお涼は羽織を取りに行った。

雪の降りしきる中、二人は日本橋川の畔まで歩いた。

「旦那様からこれを預かっています」

お涼は片袖から文を出して季蔵に渡した。

「あなたもお辛いでしょうから、旦那様のことはお話しにならずともよろしいです。あたしも聞きたくありません。それではこれで」

踵を返したお涼の後ろ姿が泣いているように見えた。

烏谷の文には以下のようにあった。

これをそちが読んでいるということは、もはや、わしは命運尽きて三途の川を渡ろうとしているのだと思われる。日頃からわしのよくないところは、とかく相手の裏を探ろうとすることだ。わかっていて止められないのは習性ゆえだろう。もっとわしがそちのように素直に何事も受け止める気性ならば、そちも警戒などせず、互いに訊きたいことを示し合い、得心して、この文は不要であったかもしれぬ。しかし、まあ、この年齢になれば悪癖に近い習性も、染み付いて離れぬものだ。それで不本意にもこのような大事を文で伝えざるを得ないというわけだ。

おかしな料理にかこつけた脅しの文に戦いてわしに伝えにきた時、そちは敵は出奔した自分と瑠璃を追っている、鷲尾影守の残党ではないかと案じていた。わしは徳が高く出家なさってもなお、家臣の信頼を受け続けている先代影親様御正室、瑞千院様を持ち出し、影守残党をも改心させた旨を話した。そしてあり得るとしたら、金持ち連中の咎すれすれの破廉恥な道楽の一つか、もしくはそちとわしの関わりを知った上での北町奉行烏谷　椋十郎　潰しだと言った。

どうやら、事態はもっと深刻にして恐ろしいものだとわしにはわかりかけてきている。伊沢蔵之進から松葉屋での惨事を聞き及んでおるであろう。万年青の会で集まった連中のうち、元老中の水原弾正以下、元若年寄の中原勝之介、元小姓組頭の土田義右衛門、元大目付の司松之丞、元御側御用取次の町村采女が毒死して、寺の住職五人は何も大事がなかった一件だ。

市中で起きた大変な事件だというのに、上からの命により、こちらは何一つ手出しが出来なかった。ただ、死んだ連中がこれほどの身分なのに、助かった住職たちはどうということもない、名も知れぬ寺の坊主だったのは何とも奇っ怪だった。万年青愛好に貴賤はないのだろうが、そうは言っても、似たような身分、富の有り様が似た者同士で集い合うことが多い。この万年青会はおかしいと直感して調べてみたところ、開かれたのは何とこれが初めてだとわかった。万年青会を隠れ蓑に何かが行われようとしていたのだ。集めた張本人は元老中首座以下の殺害が目的で、集まったお歴々の方は、何か甘い誘いでおびき出されたのではないか？

もっとも、日海の慈縁寺、字鏡の明照寺、良円の増光寺、幸庵の有明寺、寂光の妙真寺は副業に最上質の鯨肉を含む諸国の鳥獣肉を一手に引き受けて、秘密裡に売りさばき、金に飽かして珍味を楽しむ食通たちの胃の腑を満たしていることはわかっている。下々の慎ましい暮らしぶりからは想像もできないが、食通たちの食への貪欲さは天井知らずで、こうした商いは年を追う毎に繁盛しているとも聞く。わしも耳の痛いところだ。

話が少し逸れた。松葉屋での殺しに戻ろう。あれは身分はあっても家の内証は火の車である元幕閣たちが、隠居の身となった気楽さもあって、この手の商いへの参入を約束されて、しがない寺の坊主たちと会合を持つことになったのではないか。わしはこの極めて不釣り合いな者たち同士の万年青会をこのように読み解いておる。

七

そこで烏谷の文は二行ほど空けて続けられていた。

さてここからがさらに肝心だ。そちが睨(にら)んだようにわしはあの疾風小僧翔太と通じている。代々口伝で受け継がれている生けるお宝、四方八方料理大全のお役目を担う九州の小藩矢萩藩の五男栄二郎が、そちとアカニク買いに妙真寺の寂光のところへ出向いたことはとっくにこの地獄耳に入っている。お家騒動絡みで江戸家老の率いる者たちに襲われたことも——。その時はそちが栄二郎を守って、あっという間に何人もの相手の剣をねじ伏せたので、疾風小僧翔太は見ていただけだったと——。

そちはどうして、奉行のわしと盗っ人の疾風小僧翔太が通じなければならないのかと思うに違いないが、その話は後回しにして、そちが会った妙真寺の寂光が松葉屋に居合わせていて、松葉屋であのような惨事が起きた理由について考えてみたい。これは偶然などではないとわしは思っている。つまり、そちへ届けられたあのおかしな料理作りを強いる脅しの文と、松葉屋での惨事はどこかでつながっているのだ。これは直感にすぎぬが、そちへのあのような文は、隠居とはいえ元老中以下の重職に就いていた輩を毒死させるにあたって、我らに殺しの場の調べを含む、一切の詮議(せんぎ)をさせないためだと思っている。ようはそちをおかしな料理に釘付(くぎづ)けにさせて、わしからの役目を果たさせまいとしたのだ。なかなか凝りに凝った謀であり、敵は秘してきた我らの関わりも熟知している。積年にわたって、そちがわしのかけがえのない右腕であることも――。これには確実に寂光が下で動いている。おかしな脅し文と惨事がどこでどうつながっているのか、首謀者は誰なのか、寂光を問い質すこともできずに、あの世への舟に乗るのは何とも痛恨この上ないがまあ、これも運命、致し方あるまい。

ここまで読み進んだ季蔵は、

――たしかに人参薬膳の参鶏湯を稲荷に納めても石は並べられず、添え文もなかった。謀が会心に終わったゆえなのだろう。常のように呼ばれて、その場に駆け付けることができていればわたしとて、多少の調べが出来たはず、下手人の手掛かりを見つけるのに役立っていたかもしれない。元重職の方々への追及は無理だったとしても、生き残った住職たちから話は聞けたはずだ――

なるほどと烏谷の炯眼に感服した。


わしの骸は内与力須賀主水に引き取らせ、本郷の屋敷内の使っていない氷室に庭の雪を運んで安置するよう命じてある。わしの通夜、野辺送りは急がぬよう言ってある。

その間わしの死は瓦版屋があちこちに撒き散らすはずだ。これでもわしは名が売れているゆえな。通夜振る舞いはおかしな料理のいちご鯨汁、冬まつたけ、人参薬膳も変わり種で面白いが、そちが知っている、わしの一番好きな冬場の料理で願いたい。絞り込むのが大変だろうが最後の我儘と見做して是非とも頼む。

今夜が納めになる大江戸大雪菓子だが、やはり作れ。そちの父の身はまず、大丈夫だとは思うが用心に越したことはない。それと瑠璃が気になる代物を厚紙で拵えた。瑠璃には不思議な力がある。あの通り、心の病を患っている上、誰も何も告げていないはずなのに、過去にそちの関わっている事件の真相を感じ当てたことが何度もあった。今回はそちの父親の命さえ懸かっている。瑠璃がそちを慕う心は変わっていない。ゆえに瑠璃の拵えた物はそちの大きな助けになるのではという気がしている。瑠璃はこの市中の絵図になど少しも通じていないはずなのに、それがまるで今、雪に被われている市中を、菓子箱ほどの大きさに縮めたもののように見えるからだ。

瑠璃が拵えたそれはお涼に言って、風呂敷に包んで縁側に置かせておく。大江戸大雪菓子の参考になるかもしれぬぞ。父親は伊沢蔵之進が守り続けている。お涼と瑠璃はそちがこの文を手にした後、ただちに、敵に襲われるかもしれないあの家から出て、無事に過ごせるところに移ることになっている。どうか、安心してほしい。だから案じることなく、大江戸大雪菓子とおかしな馳走の通夜振る舞い、そして、これらを通じて必ず尻尾を現す元重職たち殺しの下手人を捕らえてくれ。これは非業の死を遂げたわしの悲願である。

三途の川の前にて　烏谷椋十郎

季蔵殿

読み終えた季蔵は雪が降りしきる中、お涼の家へと戻り、縁側に置かれて雪を被っていた風呂敷包みを小脇に抱える前に包みを解いてみた。白い厚紙だけで出来た町並みが菓子の木箱の中におさまっている。真ん中に江戸城が配されていた。まさに江戸城の富士見櫓から眺めた雪景色のようであった。巧みに作られていたが、本当にこの通りに見えるのかまではわからない。

瑠璃だけではなく、季蔵も烏谷とても、江戸城の富士見櫓などに昇れるはずもないのだ。当人の気持ち次第で自在にそこへ昇ることができるのは、現将軍または今でも息子の将軍を凌ぐ権力者である元将軍の二人と楼上を許された家臣だけなのだから――。

――わたしのために瑠璃は富士見櫓からの町並みを不思議な夢に見てくれたのだろう――

季蔵の胸が切なく熱くなった。

風呂敷に包み直して店へと戻る道を歩いていると、

――おや――

前を歩いているのは栄二郎だとわかった。走って近づいて話しかけようとは思わなかった。背中に何人をも寄せ付けない厳しさ、隙の無さが感じられた。

――これは武芸に秀でた者が見せる背中だ。しかし、なぜ、栄二郎様は剣術はろくに出来ないなどと偽られたのだろう――

同時に疾風小僧翔太から聞いた、栄二郎が早朝に離れにいなかった事実が思い出された。

何となく、栄二郎の後をついていくと、栄二郎は日本橋を渡り、北へ向かっていく。

――えっ？　この先には妙真寺がある。なにゆえに栄二郎様は妙真寺へ向かっているのか？――

妙真寺の寂光にはいずれ詳しい話を聞かねばならない。

――一度なら気にしないが、二度似たようなことが続いたら詮索しないわけにはいかない――

意を決して季蔵は栄二郎を尾行ることにした。雪のおかげで足音が消える。それでも細心の注意を払って季蔵は足を前に進めた。

栄二郎は妙真寺の山門を潜り抜けると寺の庫裡へ向かった。当然、寂光か、寺男が迎えに出るものと思い込んでいたが、驚いたことにぬっと顔を見せたのは、多勢で栄二郎の命を狙ったあの江戸家老、髷は白髪混じりながら精悍な顔のあの佐藤生之丞であった。

「話はここで。竈に火を入れてここだけは温かくしましたし、奥にはご覧にならない方がよろしいものもございますゆえ」

生之丞は栄二郎のために座布団を用意していた。

――これは好都合だ――

厨で話をしてくれれば、窓の下で聴き耳を立てることができる。

「まさか、寂光の身に何か――」

　栄二郎は声を震わせた。

「寺男ともども斬り捨てました。人の口は禍の元、減らしておくべきです」

「しかし――」

「そもそも寂光が欲を出して、あのお方がうっかり松葉屋で落とした印籠を咄嗟に拾い、こちらを脅して金をせしめようとしたのが不届きすぎます。自業自得です」

「あとの僧侶たちはどうしていようか？」

「わかりません。また、わかろうとも思いません。あのお方から矢萩藩二万石の存続をお許しいただく所存、ただただその一念でございます」

「越えられる試練だと信じたい」

「ご立派なお覚悟です。それがし、そのお覚悟、間違いなくあのお方に聞いていただきます。何としても、何があっても、我が矢萩藩は忠誠を尽くすとあのお方に信頼していただかねばなりません。お顔の色が優れませんね。どこかお加減でもお悪いのですか？」

「血の匂いが堪らない。気がつかぬのか？」

「おやおや、常に鯨や鳥獣の調理に携わっているはずでしょうが――」

「それゆえ、人の血は匂いが違うとわかる」

「もしやあなた様は寂光の身を哀れんでいるのではと思い、あの者たちの死に様をお見せしようと思ったのです。あのように穢れた様子を見れば地獄の鬼たちでも悲鳴を上げかねませんから、あなた様のお心も多少は楽になるはずかと――」

「もういい」

栄二郎が立ち上がる気配に慌てて季蔵は銀杏の大木の影に隠れた。

栄二郎が立ち去った後、

「これだから、主君の血を引いているだけの若君なんてものは、いざという時に意気地無しで使いものにならない」

洩らした佐藤生之丞は本堂へと廻って、季蔵も下りたことのある氷室へ続く扉を開けた。四半刻(しはんとき)（約三十分）ほどして戻ってきた生之丞は両手にずっしりと、風呂敷に包まれたアカニクを持っていた。

「急がないとな。こいつらは少しでも傷んでいると値切られる」

にやにやと笑いながら、斬り殺した寂光と寺男を残して、その場を去って行った。

この後季蔵は無残な二体の骸を見た。骸は折り重なっての情事の最中、どちらも心の臓を一突きされて死んでいる。上に乗っているのは子どものような華奢(きゃしゃ)な体軀(たいく)の寂光であった。しかし、坊主頭ではなく、公家の女のような長い髪の鬘(かつら)を被り、金銀の縫い取りがある豪華な打ち掛けを羽織っている。血走った目にふさわしいどきつい化粧が目立っていた。下でうつ伏せになっているのは、寂光のものと思われる小さく短い墨衣を着けた、しなやかな身体つきのまだ若い寺男で、裸の下半身が丸見えであった。

――この眺めはたしかにおぞましい性癖そのものだが、だからと言って命を奪っていい理由にはならない。供養のためにもすぐに報せるべきなのだろうが、今は大江戸大雪菓子の方が先だ——

季蔵は瑠璃の想いが籠もった風呂敷包みをしっかりと抱え直すと、

——あの江戸家老は寂光が拾って脅しに使ったという印籠を取り返したのだろうか？——

ふと気になって再び視線を二人の骸に落とした。寂光の顔半分が歪んで固まっている。そこを強く押すとしっかりとは閉じられていない口から細い紐がたれ下がった。かまわずに力をこめてその紐を引いた。するとずるずると違い柏の紋が刻まれている印籠が出てきた。

——これはいったいどこの御家中のものだろう？——

季蔵は印籠を懐紙に包んで懐にしまうと、降りしきる雪に負けまいと歯を食い縛りながら烏谷の私邸のある本郷へと走った。

第五話　大江戸大雪菓子

一

季蔵(としぞう)が玄関先で用向きを口にすると内与力の須賀(すが)主水(もんど)は、

「お報(しら)せいただき、ありがとうございました」

まず礼を言って頭を下げた。そして、

「そうですか、そのようになりましたか」

呟(つぶや)いた相手は顔色一つ変えなかった。

奉行の子飼いが内与力である。職場の奉行所で何事につけても漬け物石のように動ぜず、何かと隠然とした力を発揮して、奉行を悩ませる筆頭与力との間を取り持つのが職務であった。

「殿より話は伺っております」

須賀は年の頃(ころ)は季蔵より五つ、六つ上で、主(あるじ)とは対照的に痩(や)せて中肉よりはやや小さく、神経質なのか、しきりに唇の端を引き攣(つ)らせる癖があった。外の寒さがこの男と向かい合っていると一層身に染みるような気がする。

「この事態は起こり得ると、常から心しておりましたので通夜、野辺送りの段取りはすぐつきます。これから殿をここへお連れいたします」

淡々とそう告げられて呆気なく玄関の戸は閉められた。

今、季蔵は努めて沸き上がる感情を抑えようとしていた。

――派手な言動で知られるお奉行の裏方は、きっとこのような男がふさわしかったのだろう――

止む気配のない雪の中を、

――まだ一つ難題が残っている――

季蔵はさらにまた走った。

――雪に風流が感じられて雪見酒に心地よく酔えるのも、一夜のうちに積もった新雪を愛でる時ぐらいのものだろう。吹雪のような雪で先が見えず、難儀する日々が続くと正直、いい加減にしてくれと言いたくなる。どこもかしこも分厚く白一色だ。例えば松の枝に積もる雪を模した冬場の上生菓子があるが、今は見事な松の枝ぶりが雪の重みで折れはしないか、冷たさが極まって枯れてしまうのではないかとばかり気にかかる。雪に風流を感じる心がなければ、とても大江戸大雪菓子の見当がつかず、雪の中を歩いていては何も思いつかない――

帰り着いた塩梅屋には嘉月屋の主嘉助が訪れていた。三吉のほかに栄二郎の顔もある。

変わらぬ爽やかな季蔵似の顔であった。

「でもさ、よーく、見ると季蔵さんと道之介様、背格好は瓜二つだけど、顔はちょっと違うかも。気のせいかもしれないけど、季蔵さんの眉と目、吊り上がってない？　頬や顎もしゅっとしちゃっててさ。道之介様の方が断然若く見える」

三吉の言うことを、受けた衝撃と続いている緊張のせいだとわかってはいたが、

「おおかた雪の中を走ってきたせいだろう」

季蔵はさらりと躱し、

「若くなど見えては不徳の至りだ」

栄二郎は謙虚そのものの表情で苦笑した。

――当然だがこの場でお奉行の身に起きたことはまだ話さない。しかし、わたしを謀って矢萩藩江戸家老と仲間だった栄二郎様は、佐藤生之丞の寂光和尚殺しを知っている。栄二郎様なら、羅生門河岸でのことも御存じではないのか？　知っているとしたらよくも今のような顔ができるものだ――

一抹の腹立たしさを胸に秘めて、この後、

「今日中に拵えなければならない大江戸大雪菓子の見当がつかず、雪の中を歩いて身体で感じようとしていました」

季蔵は不在にした理由に先手を打った。

「なあーんだ、おいら、起きたら居なかった季蔵さん、今頃、土手からでも落ちて、雪に

埋まっちまってんじゃないかって心配してたんだよ。外は凄い雪だもの――」

三吉の苦情に、

「すまない、心配かけたな」

季蔵は詫びた。

「それ、よくわかります」

栄二郎は真顔で頷き、

「何か思いつかれましたか？」

嘉助に訊かれた。

「いえ――」

季蔵が俯くと、

「冬まつたけの時、たいしてお役に立てなかったので、今度こそはと、大江戸大雪菓子を考えてみたんです」

嘉助が躊躇いがちに切り出した。

「どんなものです？」

「懲りないとお思いでしょうが、冬まつたけの時と同様、干菓子で不忍池や飛鳥山の雪見の名所を型抜きしてはと思いました。でもよーく考えてみると、この手の絵を写した冬場だけの上生菓子はあるのです。干菓子に置き換えても代わり映えしません。何しろ、今は市中が真っ白、白になるほどの大雪ですからね。そこを指して大雪菓子と言っているのだとしたら、これは見当違いというもの」

嘉助は頭を抱えている。

――もっと広く大きな景色を表す菓子にしなければならないとすると――

「これはわたしの案ではないのですが、参考になるかもしれません」

季蔵は雪を払いながら風呂敷包みを解いた。

「なるほど、この四角の大きめな菓子箱の中に、お城を含む真っ白な市中全体がすっぽりと入るという趣向ですね」

栄二郎はたちまち瑠璃が作った箱の中の盆庭に魅せられた様子だった。きらきらした目になっていて、

――しかし、残念なことにこのお方はあのような場にいた――

尾行て見極めていなければ、とても信じられない事実だと季蔵は思った。

「季蔵さんがお留守の間に菅原様と大江戸大雪菓子について、互いの思いつきを話していたのです。菅原様、あなた様からお話し願えませんか？」

嘉助に頼まれた栄二郎は、

「わたしの得手はあくまでも鯨や鳥獣料理です。わたしが季蔵さんにした菓子や並み外れた腕の菓子職人の話は、長崎の出島で得たただの伝聞です。嘉月屋さん、菓子についてこれほど想いと技のあるあなたなら、わたしからの伝聞もすぐに技に結びつけることもできるでしょう。どうか、あなたから話してください」

すっきりとした笑顔を返した。

「それでは嘉助さん――」

季蔵に促され、

「そこまでおっしゃっていただくと、穴があったら入りたい気分になりますが、今は時がなく、譲り合っていては埒が明きません。菅原様のお話をわたしなりに受け止めて、大江戸大雪菓子に役立てるべく、皆様に話させていただきます」

このように嘉助は前置いてから話し始めた。

「冬まつたけのトリュフ等を使う仏蘭西の料理がもてはやされている下地には、菓子作りの巨匠アントナン・カレームの仕事があるのだそうです。貧しい親に口べらしに捨てられたカレームは拾われた先で料理の修業をし、さらに高みを目指して大成、末はさまざまな国の主に料理頭として呼ばれるという栄誉を得ます。そんなカレームが昇りつめることが出来たのは、ピエス・モンテという砂糖菓子を完成させたからです」

「砂糖菓子って言ったたって、ちっぽけな金平糖なんかじゃないんだよね」

栄二郎の話は三吉も一緒に聞いていた。

「ピエス・モンテの説明をお願い出来ませんか？　たしか、謂われがあったはずでしたが、きちんとは覚えていなくて――」

嘉助は額に冷や汗を滲ませて栄二郎に乞うた。

「ピエス・モンテとは、仏蘭西語で〝小さな断片を積み上げた〟という意味で、飾り菓子の一種です。菓子の材料を使って造られる、大きな見せ物で目的は食することではありませんが、全て菓子の材料で造らなければならず、大変高い技が求められ、菓子職人たちの腕が競われてきました。ピエス・モンテは華麗で豪奢、美しく大きな花籠や花瓶が主流でしたが、カレームは完璧な手法で菓子材料を自在に使いこなし、城や屋敷、寺、町並み等の建物にまでこの技を広げました。カレームの手による大きな建物のピエス・モンテは、国を治める者の威信を示すものなので、各国の王たちから絶大な賞賛を受けたのです」

栄二郎は常と変わりなく淡々と説明した。

「カレームは国の威信を菓子で示したということでしょうか」

季蔵が念を押すと、

「その通りです」

栄二郎は頷いた。

「季蔵さんっ」

ここで嘉助が大声を出した。

「実はわたし、今、ぴんと閃きました」

「お聞かせ下さい」

「これはわたしのところへ出入りしている砂糖屋から聞いた話です。大御所様になられた先の公方様にはお子様が多く、並みの砂糖屋では間に合わず、長崎から出てきた諫早屋が大奥お出入りを許され、砂糖売りと兼ねて菓子屋も開き、一時は大変な繁盛ぶりでした。

わたしどものようなところへなど、幾ら頼んでも砂糖を売ってくれぬほどの傲慢な権勢ぶりでした。ところが今の公方様のお子様は少なく、たった一人の嫡子の若様とてご病弱と聞いています。そこで諫早屋では御長寿の大御所様が力を発揮できて庇護してくださっているうちに、一儲けしようと企んでいるというのです」

ここで興奮気味の嘉助は一度息を整えて、先を続けた。

「その話を耳にした時は何を企んでいるのか、見当もつきませんでしたが、今わかったような気がします。ピエス・モンテのように大量の砂糖を使って、徳川様が治めておられる、将軍家の威信そのものの江戸市中を造るのです。もちろん真ん中に置くのはこの箱の中に据えられているように、公方様がおられる千代田のお城です。江戸城と栄える江戸市中、これがまさに大江戸大雪菓子です。そして、まずはお子様方が家臣である大名家の養嫡子に迎えられているか、正室として嫁がれている大名家にお買い上げいただき、それを追い風にして一挙に流行らせるのです。高価な流行物を自分のものにしたいのは富裕層の常ですから」

二

聞いていた季蔵は、

——しかし、そうなるとあの文を寄越した理由は、いちご鯨汁、冬まつたけ、人参薬膳はただの目眩ましで、ピエス・モンテに匹敵する大江戸大雪菓子作りが本命ということになる。これと松葉屋での大凶事はどこでどうつながっているのか？——

益々不可解さが増した。

嘉助は、

「まずはピエス・モンテの大江戸大雪菓子作りが先だと思います。季蔵さんの持ち帰ってくれた市中とお城が設えてある箱に入っている盆庭は、かけがえのないお宝です。これを写し、大きく広げて、幅半間（約九十センチ）、長さ一間（約一・八メートル）くらいの大江戸大雪菓子を作ることができれば壮観でしょう。それには市中を幾つもに分けて木枠を作り、出来上がった部分部分の干菓子を組み合わせ、飴で繋げば、いけるのではないかと思います。幾つかは木枠用の桜や道具を持参してきましたが、ここにいる皆様やうちの職人たちにも力を借りないと夜までには仕上がりません。厖大な量の干菓子の材料も要りますし、誰かにお店まで走ってもらわねばなりません」

「なるほど。きっとそれです。よろしくお願いします」

季蔵はほっとした。

人手と木枠用の桜、干菓子の材料を揃えるべく、文に書くと、

「誰か探して嘉月屋まで走って貰ってください」

頼んだが、文を手に戻ってきた三吉は、

「駄目、駄目だった。皆、こんな深い雪の日はご免だって。ごめん、役に立たなくて」

ばつが悪そうに告げて、

「おいらが行ってくる。こんな大きな干菓子、作るのも見るのも初めてだもん、わくわくしちゃってて、雪なんてもん、全然気にならないよ」

走り使いを買って出た。

「ならば近道を知っているわたしが行きます」

嘉助は言い、季蔵も後に続いた。

「わたしもご一緒します。二人で行けば木枠に使う桜と道具ぐらいは持ち帰れて、すぐに取りかかれるでしょうから。三吉は留守を頼む」

「えー。おいら、留守番?」

「三吉さんに聞いてほしい諸国の話があります。料理人としてのこれからに役にたつと思いますよ」

栄二郎が言い含めた。

季蔵と嘉助は共に足駄を履いて嘉月屋へと向かった。

「めんどうなお願いを聞いていただいてすみません。有り難いです」

季蔵は改めて礼を言い、

「とんでもありません。礼を言わなくてはならないのはわたしの方です」

嘉助は返した。

「そうは言っても、いつも、ご親切に甘えてばかりで、心苦しい限りです」

さらに季蔵が言い募ると、

「実はこれにはわたしの意地もかかっておりまして――」

嘉助はうつむき加減に言った。

「どのような意地なのか、お訊ねしてよろしいですか？」

「お話ししましょう。権現様の御世には目をかけられたこともあった老舗ながら、それ以降は千代田のお城に省みられなくなった菓子屋としての意地です。大江戸大雪菓子、これはね――」

ここで嘉助は声を低め、

「こんな雪の日でも、誰に尾行られているか、わかったものではありませんからね。それに雪に音が吸われて聞こえづらければ、何が起きてもおかしくありません」

まず用心の言葉を口にしてから、

「大御所様自らが発された菓子の所望なのだそうです」

早口で言い切り、

「ほら、時に食べ物を売る商家が市中の人たちに呼びかけて、新しい品を売り出そうとする試みがあるでしょう？」

「前に煎餅屋がまずは作り方を書いた文を集めて選り分け、勝ち残った人たちを競わせたことがありました」

たしかに、これに三吉が血道を上げていたことを季蔵は思いだした。

「そうそう、それを菓子屋と砂糖屋だけに限ったのが今回です。嘉月屋にもお声掛けがありました。菓子屋と砂糖屋に限った理由は大御所様ともあろうお方が、町人の商いもどきのような振る舞いはできないということと、すでにこれの勝者が決まっているからです」

嘉助は季蔵の耳元近くで囁くように話している。

「くだらないっ、偽りの大江戸大雪菓子競べというわけですか。勝者は諫早屋七右衛門と初めから決まっている、芝居がかっているだけで、何やら、すっきりしませんね――」

――料理であれ、菓子であれ、大事な食べ物だというのに、このようなもっともらしくも馬鹿馬鹿しい商いに使われてほしくない――

季蔵は怒りのために声が大きくならないよう気をつけ、

「それにしても大御所様がこのようなことを許されたとは何とも情けない――」

さらに声を低めた。

「大御所様自らのお言葉ではあるようです。日々、お城からご覧になる市中の様子を見ていて、〝何と美しい、まるで銀細工のようだ、このような眺めの菓子が食べたい〟とおっしゃったとか――」

嘉助は季蔵の耳に口を寄せている。

「大御所様はこの大雪のせいで、道という道がぬかるんで商いが低迷して物の値が上がり、人々が難儀していることがおわかりではないのでしょうか？」

思わず問いかけてしまうと、

「なにぶん、すこぶるご壮健とはいえ大御所様はお年齢でいらっしゃいますから」

仄(ほの)めかすように応(こた)えた。

「しかし、何より、大御所様は隠居の身で政(まつりごと)は公方様がなさっているはずでは？」

季蔵が言い募ると、

「今の公方様に将軍の座をお譲りになったのは、つい何年か前で、それ以降も何かと権勢を示されていると聞きました。もちろん、今の公方様は鬱陶(うっとう)しく思われていらっしゃるでしょうが、逆らえずにおいでになるようです」

嘉助は洩(も)らした。

「公方様はそのようであられても、実際に政を担う方々が何かと進言なされるのでは？　公方様が代替わりされれば、側近も代わられるはずで――」

その先を続けかけて季蔵ははっと思い当たった。蔵之進(くらのしん)から見せられた松葉屋に集った面々についての記述を思い出したのだ。

――殺された隠居たちと寂光が気になってつい、他に書かれていたことが疎(おろそ)かになっていた。幕府の重職は、本来、世襲ではなく任命であるにもかかわらず、あの隠居たちの息子たちで占められていた。大御所様は隠居の身になっても、政を執り続ける腹づもりでこのように決められたのだ。長く将軍の座につけぬままだった今の公方様には、もう、この案を退ける気力は残っていなかったのかもしれない――

「まあ、そういうことなんでしょうね」

嘉助は察した口ぶりで相づちを打ち、

「とはいえ、人には寿命がございますから、大御所様はもとより、大御所様の元側近だった方々もいずれは亡くなりましょう。けれども、それは先のことで、人の命は少々若くても先々は知れぬものですので、その時はわたしとて鬼籍に入っているかもしれません」

ふうと失意のため息をつきかけて、

「なので今なのです、権勢に取り入り、手立てを選ばず、がむしゃらに我欲に走っている諫早屋に一矢報いるのは今しかないのです」

自身を励ますかのように固めた拳で胸の辺りを叩き、

「三吉ちゃんはあなたがやんごとなきお方から頼まれて、よくわからない難題の料理を作る羽目になったと言っていましたが、引き受けたのはよほどの事情がおありだったからでしょう？　違いますか？」

囁くように言った。

「ええ、まあ」

季蔵は曖昧に応えて口をつぐんだ。

——大御所様の側近だった隠居たちが惨殺されたことをまだ知らない嘉助さんを、これ以上巻き込んではいけない——

「ところで、一矢報いるとはどういう意味なのでしょう？」

季蔵は話を大江戸大雪菓子へと転じた。

「市中で評判になっているあなたに、難題の料理作りの文を寄越したのは、諫早屋七右衛門だとわたしは思っています。諫早屋には料理や菓子を作る力なぞなく、あるのは金儲けの黒い企みばかりです。大御所様は大奥の何十人といる女たちだけではなく、菓子の美をも愛でるお方ですので、自力では大御所様が気に入る大江戸大雪菓子は作れないと悟っていて、あなたに白羽の矢を立てたのだと思います」

――ただの白羽の矢なら、父上の命を奪うという脅しの文にはならなかったはずだ。それと、松葉屋で大御所様の元側近たちが殺されてしまった以上、子息たちは後ろ盾を失って失脚するのは目に見えている。こればかりは大御所様であってもどうにもならぬことだろう。お奉行はあの文と側近たちの惨殺はつながっていると断じていた。これを動かしようのない真実だとすると、大御所様、元側近たち、その子息たちを頼りにしている諫早屋七右衛門が、あの脅しの文をわたしに送り、わたしの動きを封じて、松葉屋での惨殺を企てるはずもない――

季蔵は嘉助の言葉に不審を覚えないでもなかったが、

「どうしてわたしが選ばれたのです？　わたしはたかが一膳飯屋の主ですよ」

苦笑するに止めた。

「昼賄いで知られている塩梅屋さんですよ、安い、美味いと瓦版でよく取り上げられていますし、懐具合を気にしないで自分のところでも作ることのできるように、美味しい菜や肴の作り方が時折配られている。これもなかなかの評判です。そんなあなたをあの諫早屋が目をつけずにいるものですか」

嘉助は珍しく怒った口調になって、

「頼んだ相手は諫早屋でしょう？　おおかた、おかしな難題料理を作らなければ店の悪口を流しまくるとでも、因縁をつけてきたのでは？」

決めつけてきた。

三

「内密にとのことでしたので誰とも申し上げられません」

季蔵は濁した。

——断れば父上を亡き者にするという脅しの文で、相手の名など書かれていなかったとは言えない——

「やはり、どうしてわたしなのかと不思議でなりません」

嘉助の憤怒(ふんぬ)を躱して話を元に戻した。

「わたしは料理人で菓子職人ではないのですから」

「しかし、菅原様の話では幾つもの海を越えて、至高であるとして愛でられている仏蘭西料理の出発点は、アントナン・カレームの偉業、大胆にして繊細なピエス・モンテ、つまり菓子職人が築いたのだということです。ずっと前からこのわたしも菓子と料理は分けるべきではないと考えてきました。なので、あなたが大江戸大雪菓子の作り手に指名されても少しもおかしくはないのです。優れた菓子職人が優れた料理人であっても、その逆でも真なりですよ」

――諫早屋さんについては全く知らなかったが、今聞いた限りでは、嘉助さんが口にしたような料理と菓子の融合、深みをわかる御仁とはとても思えない。それから推しても、諫早屋さんがあの脅しの文の書き手で、松葉屋の惨殺と関わりがあるとは思えない。第一、大江戸大雪菓子が本命なら、三品目の参鶏湯の時、なにゆえにあのように無視したのか？父上に死なぬ程度の毒を盛ってまで、わたしにおかしな料理を拵えさせ続けて、悟られずに大江戸大雪菓子に行き着かせるためには、参鶏湯の無視は得策ではない。褒めるか、けなすかどちらでもかまわないが、何らかの評価を下して縁を保ち、本命に向かって、わたしを奮い立たせなければならないというのに。やはり敵の目的はあの恐ろしい惨殺なのだろう――

季蔵は諫早屋の存在を頭の片隅に追いやって、嘉助の賛辞に物申した。

「菓子と料理は分けられないという考えはそもそも嘉助さん、あなたのものでした。わたしではありません。仮に依頼主が諫早屋さんだったとして、瓦版屋裸足にさまざまな噂に通じて、利得のため、奉行所のごとく調べに徹しているとしたら、わたしとあなたが懇意なことも承知しているはずです。それでこのような回りくどいやり方をしたのかもしれません」

季蔵は嘉助の心に立ちこめている、不遇だという思い詰めの暗雲に気づいていた。そしてそれを掻き消すために多少の方便を用いた。

――嘉助さんにはもっと自信を持って欲しい――

「そんなこと、まさか――」

嘉助は疑心暗鬼な表情になったが、

「世の中にはそのまさかがあるものです」

季蔵が言い切ると、

「そうかもしれません」

怒りと落胆の入り混じった顔がぱっと明るくなった。

「その証（あかし）に大江戸大雪菓子とて、あなたが主に作ってくださって、わたしたちはお手伝いするだけではありませんか」

畳みかけると、

「そう、そうですね」

嘉助は笑顔になった。

そんな話をしているうちにいつのまにか、嘉月屋の看板が見えてきた。屋根の上にあるので角度がついていて、屋根本体ほど雪塗（ゆきまみ）れではない。嘉月屋という古びた彫りの字が何とか読める。

「時の積み重ねが感じられる重々しい看板ですね」

季蔵の言葉に、

「これは初代嘉月屋嘉助がお上に許しを得て掲げたものです」

嘉助は声を弾ませて応えた。

この後二人は蔵に貯えてある、木枠用の桜の木を大きなまま、まとめて縛って背負えるだけ背負い、手にはずっしりと重い道具類を分けて持った。

そして塩梅屋へと何とか無事に帰り着くと、まずは甘酒で身体を温めた。

「これはもう身体の勝負です」

こうして大江戸大雪菓子のための木枠作りが始められた。幸いにも包丁を握ってきた料理人の季蔵と栄二郎は手先が器用で、嘉助のように年季こそ入っていなかったが、始めて半刻（約一時間）ほどで彫り道具（彫刻刀）をそこそこ上手く動かすコツが掴めた。

驚いたことに三吉はこの二人よりも早くコツを覚えた。

「凄いじゃないか」

季蔵が感心すると、

「おいら、この道の名人になれるかも。なあーんてね、ほんとは、おいら菓子大好きだから嘉助旦那に頼んで、時々稽古させてもらってたんだよぉ」

三吉は照れ臭そうに言い、

「それではわたしたちの先輩ですね。これが仕上がるまでは三吉さんではなく、先輩とお呼びしなければ」

栄二郎は真顔で冗談を口にした。その利き手は丹念に市中の町並みの一部を彫り進んでいる。

「焦らず、楽しんで優雅に急ぐというのが木枠彫りや菓子作りの要です」

嘉助が告げた。

「これが江戸の町の一部になると思うと、料理とは別の喜びというか、感動がありますね」

とも栄二郎は洩らした。

緊張感を伴いつつ、楽しい時が流れていく。

——やはりこのお方がアカニク買いでわたしを欺き、江戸家老と仲間で人殺しに加担しているとはとても思えない。何か、曰く言い難い理由あってのことかも——

季蔵は折を見てあの時のことを訊いてみようと思った。

嘉月屋の小僧と職人たちが大番頭に率いられて、蔵のありったけの白砂糖、寒梅粉、秘伝の水飴等を背負ってやってきた。

「砂糖は和三盆ではないのですか？」

栄二郎が訊いた。

和三盆とは主に讃岐（香川県）で作られてきた伝統の高級砂糖で、これが使われる干菓子は風味もさらりとした口溶けも抜群であった。

「あれは淡い茶色ですから。そして大江戸大雪菓子は姿を愛でるもので、食を楽しむものではありません。ですのでこの生地は白さと固さが命です」

嘉助は応えた。

大盥（おおだらい）が幾つも用意されて、いよいよ木枠に詰め込む生地作りが始められた。固い干菓子を作りあげるために白砂糖と寒梅粉だけが、充分に練り上げられていく。嘉助と嘉月屋の職人たちの両腕が上下に器械のように絶え間なく動いて練り上げる。

「ここは嘉助さんたちの独壇場だよね」

讃（たた）えた三吉に、

「しっかり見て覚えてください。これだけの量になるとわたしたちだけでは到底無理です。手伝っていただかないと」

嘉助は額に汗を噴き出させながら言った。

「ひえー、おいら、こんな難しいこと、やったことないよぉ。失敗しちゃうよぉ。どうしよう、どうしよう。そもそも菓子の方が料理なんかよりむずかしいんだしさ」

弱音を吐く三吉に、

「そんなことありません。どちらもむずかしさは同じです。頑張ってくださらないと困ります」

嘉助は励まし、

「しっかりしろ。大根の桂剝（かつらむ）きだって泣きながらものにしたじゃないか。あの時のことを思い出せ」

季蔵は活を入れ、

「失敗しないようにすればいいのですよ」

栄二郎はさらりと言ってのけて、白砂糖と寒梅粉を大盥の中に入れてこね始めた。

すでに全ての木枠が出来上がっている。嘉月屋の奉公人たちは慣れた手つきで、その木枠各々に出来上がった干菓子の生地をぎゅうぎゅうと思いきり詰めていく。

「ここで生地を少なめにすると、すぐに崩れてしまい、作り直すことになります。これは勘所が要るのです。ですので、この作業は慣れているこちらでいたします。どうか皆さんは生地作りに精を出してください」

そのように声を掛けた嘉助自身は、

「そろそろあの準備を」

白いものが目立つ大番頭に囁いた。大番頭は干菓子の練りにも、木枠詰めにも加わっていなかった。

「そうは言っても、昔取った杵柄(きねづか)にすぎませんから――」

大番頭は尻込み(しりご)したが、

「できる、できる、峰吉(みねきち)、おまえならできるよ。帳場の仕事を済ませると、いつだって菓子作りの仕事場へ足を向けて貼(は)りついてるじゃないか。どうか、飴細工の名人だった頃の腕をここに居る皆さんや奉公人たちに見て貰っておくれ。何せ、おまえがやってくれないと大江戸大雪菓子は仕上がらないんだから」

嘉助は強く促した。

「それでは――」

大番頭は持参した平たい鍋に秘伝の水飴をそこそこの量入れて火にかけ、焦げつかないよう、丹念に木篦を使い続けた。主の代わりに挨拶や交渉に出向いたり、大福帳を睨んで算盤を弾き、筆を動かすことが多い大番頭にしては慣れた手つきであった。

「大番頭の峰吉はその昔、市中で聞こえた飴細工職人だったのですよ」

嘉助が微笑みながら洩らした。

四

その間に嘉助は木枠を外された大きな干菓子を、瑠璃が拵えた町並みに倣って土間にずらりと並べさせた。

「峰吉、頼んだよ」

「へい」

「干菓子の繋ぎ合わせに使うんだから、少し柔らかめでいいのじゃないだろうか？」

「わたしもそう思います。といっても干菓子と繋ぎになる色が違っては興ざめでしょう？」

峰吉は鍋の水飴が煮詰まりかけたところで、さっと両手で熱い塊を抱え上げ、宙に掲げるようにして揉み込み続けた。

「このくらいの白さでよさそうですが、いかがですか」

「そうだな」

嘉助が頷くと峰吉は干菓子とほぼ同じ白さになった水飴の塊を、今度はぐいーんと左右の手で力一杯細紐のように伸ばすと、息もつかせぬ速さで干菓子と干菓子を繋げて行った。この場に居た者たちは奉公人の職人たちも含めて唖然呆然としてしまい、峰吉の働きぶりに見惚れた。

最後の繋ぎを終えるとさすがの峰吉もほっと大きな息をついた。

「何とか出来ました、よかったです」

「あの――」

目を瞠り続けていた三吉が、

「あんな熱いもん、鍋から引き上げてずーっといじってて熱くないの？　火傷はしないのかな？　おいら、町の中で同じようにやってる飴屋さんって、ほんとはたいして熱くもないのを、熱がって見せてるだけかもって思ってたんだけど違うみたいで」

心配そうに峰吉の真っ赤になった両手を見つめている。

「このくらいの飴煉りでは火傷はいたしません。ただし手の皮は多少痛がってますけれど」

峰吉は短く応えた。

「ここらでちょっと一息ということで、峰吉、飴細工職人の飴煉りについて皆さんにお話ししてさしあげてくれ」

嘉助に促された峰吉は、

「お話なんて、そんな大それたものじゃありませんよ。いったい、何をお話ししたらいいのか──困ります」

しきりに照れた。

「それじゃ、わたしが皆さんに代わっておまえに訊いていこう、いいね」

主の言葉に、

「へい、それなら──」

峰吉はかしこまった。

「素手で熱い飴をいじって本当に大丈夫なのか？」

嘉助の問い掛けが始まった。

「中には大火傷をする者もおります。水飴の煮える鍋をひっくり返してしまい、足にかかるともう──。そこまで不運でなくとも、続けていると誰でも手がぼろぼろになります」

「何のために煮詰めた水飴をそんな具合に練るのか？」

「水飴は透けております。これを白くして晒し飴にするには鍋から外に出して、さっきのようにして外の気を入れてやらなきゃいけません。こうして拵えた晒し飴が飴細工の生地になるんですが、今回は繋ぎに使うようにとの旦那様からのご指示でした。飴作りとは長く離れていたのでちゃんとお役に立てるのかともう、心配で不安で──」

峰吉は顔中に噴き出ていた冷や汗にやっと気がつくと、片袖から手拭いを出して拭った。

そこで嘉助は問い掛けを止めて、

「そんなことはないと思うよ、峰吉。おまえが仕事場の片付けで洗い物を手伝ったり、廊下の雑巾掛けなど水仕事を手伝ってきたのをわたしは見ている」

優しい物言いになった。

「申しわけございません、分を忘れて要らぬことをしておりました」

峰吉は頭を深く垂れた。

「わたしはね、五つかそこらだったが、おとっつぁんが屋台で飴を煉っていたおまえを見初めた時のことを未だに覚えている。飴と両手、いや全身が一つになって躍っているような素晴らしい飴煉りだった。それこそ、飴は熱くなぞないのではないかと思えるほどだった。もちろん、凄い人気で人集りだった。商人のおとっつぁんはおまえの飴煉りの芸ではなく、客捌きと暗算の速さ、正しさを買った。そして、〝この男は飴練りで生きなくても算盤で生きられる〟と呟いた。そして、長きにわたる飴煉りが祟り、身体が不自由になった祖父さんを養っていたおまえは、おとっつぁんの申し出に、〝これで苦労して育ててくれた祖父ちゃんを医者に診せてやれる、孝行ができる〟と涙を流して喜んでくれた。たしかにおまえは算盤も客会釈もすぐに覚えて、いつしか嘉月屋の押しも押されもせぬ大番頭になっていた。けれども、わたしにはおまえが屋台とはいえ、代々続けてきた飴煉りや細工の技をなつかしんでいることを知っていた。こっそり、水仕事を買って出ているのは手の皮を薄く保つためだ」

嘉助のこの話に、

「えっ？　飴作りって、熱い飴をこねこねするんだから、手の皮も厚くなきゃ、やってらんないんじゃないの？」

三吉が仰天した。

「ところがそうではないんです」

嘉助は峰吉の方を見た。

峰吉は困惑しつつも、

「飴細工職人の手の皮は厚くてはいけません。手の皮が厚いと、飴に手が入り過ぎてしまうので繊細な技が死ぬんです。ですので、常に飴細工職人は手の皮を薄くしておこうとします」

と説明し、

「峰吉が雑巾掛けや洗いもので自分の手を水くぐりさせてきたのはそのためですよ。いつか、昔取った杵柄の花を咲かせようと――」

嘉助は微笑んだ。

「わたしとしたことが――すみません、ほんとうに申しわけございません。何とお詫びしていいか――」

とうとう峰吉は跪(ひざまず)いてしまった。

「詫びることとなんてないよ、峰吉。そもそも、おまえは大番頭の仕事に手を抜いていたわけではないのだから。それに今、わたしはおまえの水くぐりしてきた手が飴細工職人だった頃のままでよかった、何よりだと思っている。こうして、わたしが見込んだ通り、大江戸大雪菓子作りの役に立ってくれたのだからね。ついでといっては何だが、ここ一番、さらなる大働きをしてはくれまいか？」

嘉助はこれ以上はないと思われる強い視線を峰吉に向けた。

「そ、そうはおっしゃっても、わ、わたしに出来ることなど——」

峰吉はまだ跪いたままでいる。

「峰吉、そんな様子では飴細工は出来ないじゃないか。まずはあそこを見てくれ」

嘉助は仕上がったと誰もが思っていた、干菓子の大江戸大雪菓子の江戸城のある辺りを指差した。

「肝心のお城がないっ」

三吉が叫んだ。

「大丈夫、写し忘れたのではありませんから。お城と庭は峰吉に飴細工で拵えてもらうつもりでいました」

嘉助が言い切った。

「そ、そんな——大それた、こ、こんな老骨ではと、とても——」

当惑しつつも峰吉の目は輝いていた。

「頼む、峰吉。おまえでなくては駄目なんだ」

嘉助に背中を押されて峰吉は小鍋で水飴を煮た。干菓子の繋ぎではなく、飴細工にする晒し飴なので少し長く煮る。

「菜箸、爪楊枝、針、小箆、小匙、小鋏、ああ、それから食紅など色付けの類いをくださ い」

鍋を掻き混ぜている峰吉が、低くはあったが有無を言わせぬ物言いで季蔵に頼んできた。幸い、どれも常備のものであった。

両手で摑んで外の気を含ませる時、峰吉は菜箸、爪楊枝、針、小箆、小匙、小鋏を駆使して、白い飴の塊を濠のある江戸城に変えた。そして春の庭には桜の木々を配し、

「お城のお庭には花を愛でる室（温室）があると聞き及んでおります」

室を造った。

「何でも、蘭や薔薇でも南蛮渡来のものはたいそうな美しさだとか――、目にしたことはないのですが、描かれた絵を見たことはあるのです。わたし、実は正直に申しますと、珍しくも綺麗な花に目がなくて、蘭と薔薇の会に入っておりまして、時折、飴細工の蘭や薔薇を夢に見ることがございまして――、御武家は万年青等の葉や茎を愛でるだけなのかと思っておりましたところ、大御所様ともなられると、古今東西の綺麗な花を集めておられて、千代田のお城の室には冬でもこれらの花が百花繚乱に咲き乱れているとか――」

峰吉が手にした針の先が蘭や薔薇の花や枝を紡ぎ出す。染められた晒し飴が薄桃色や黄色、薄紫色、濃桃色、真紅の花や緑の葉や茎に変わって室を彩っていく。

「すっごい――」

三吉は歓声を上げ、

「素晴らしいとしか、言い様のない技です」

季蔵の感嘆ぶりに、

「目も眩むようです」

栄二郎が共鳴した。

また、嘉月屋の職人たちは、

「大番頭さんがここまで腕のある飴細工職人だったなんて初めて知ったよ。てえしたもんだ」

驚愕して讃えたり、

「今まで何事につけても几帳面な峰吉さんが俺たちの片付けを手伝ってくれるのは、旦那に代わって、やり方が雑で悪いという戒めなんだとばかり思ってた。時々、俺たちの仕事ぶりまで見に来るのも、どうせ今一つ切れのない技をあげつらう嫌味なんだろうから、そうなら、そうとはっきりそう言やあいいのにってね。いやはや、俺たちとんだ心得違いをしてた。すまない、この通りだ」

峰吉に向かって頭を垂れた。

五

こうして見事な出来映えとなった大江戸大雪菓子は、嘉月屋の職人たちの手で刻限前に近くの稲荷に運ばれた。これまで、いちご鯨汁や冬まつたけ、参鶏湯を運んできた三吉は、

「おいらも行く」

ついて行ってこの大きなピエス・モンテが、雪を被り続けている稲荷神社の境内に置かれるのを見た。

三吉は何枚もの茣蓙を背負うだけではなく、抱えてきていて、

「これ、ほとんどぜーんぶお砂糖だよね。今は冬だから虫はつかないけど、雪が溶けたりすると水になっちゃって、これも少しは溶けちゃうかも。ほんの少しだって、お江戸のお城や町中が欠けちゃうのは駄目だよね、おいら、完全に綺麗なままにしときたい」

大江戸大雪菓子の載る場所に茣蓙を敷き詰めた。

店に戻って来た三吉は、

「やっぱ、お城のお庭が引き立ってたよ。あたり一面雪で白くて、きっと白いだけじゃ、同じように白い大江戸大雪菓子がぱっとしなかったと思う。でもさ、今夜は満月のおかげもあると思うんだけど、雪明かりの中で咲いてる桜や室の飴の花がぴかぴか輝いてた。これ、絶対小石並べられるだけ並べてくれるよ」

夢心地で告げた。

季蔵は三吉や職人と入れ替わりで夜が明けるまで稲荷で見張ることにした。ここを訪れて大江戸大雪菓子を持ち去り、評を残していく者を見極めるつもりであった。

「朝六ツ（午前六時頃）になったらここへ来てください」

嘉月屋の職人たちに頼んだ。

――参鶏湯の時同様、もう現れないかもしれない――

「諫早屋七右衛門の手による者に決まっています。わたしもご一緒させてください」

嘉助に頼まれ、

「危ないですよ」

季蔵は止めた。

だが、嘉助は、

「諫早屋と刺し違えるなら本望です」

真新しい匕首（あいくち）を出して覚悟の程を示し、

――匕首とて相手に使うには技も修業も要るというのに――

心の中で吐息をつきつつ、仕方なく、一緒に境内の雪にすっぽりと包まれている、南天の茂みの中に身を隠すこととなった。幸い降り続いていた雪が止んでいる。

――敵が現れて飛びだそうとしたら、当て身でしばし眠ってもらうことにしよう――

夜明け前は寒さがしんしんとさらに増してきていたが、持ちつけない匕首を握りしめている嘉助は全身、熱気を帯びていた。

「出来上がった大江戸大雪菓子を持ち帰るだけでは罪にはなりませんよ。そもそも向こうがわたしに頼んだものなのですから、受け取りに来て当たり前なのです」

あくまでも季蔵は脅しの文のことは隠して、嘉助に平静さを取り戻して欲しかったが、

「わたしはこの時を待ってたんです」

隣りに居る相手は聞く耳を持っていなかった。

——常にきさくで親切、仕事一筋の嘉助さんに、こと他人に対して、ここまでの情念があるとは思ってもみなかった。老舗に生まれついたがゆえに御先祖の想いを一身に背負ってのことなのだろう——

はらはらとし通しで季蔵はやっと朝を迎えた。空は青く明るく今日はきっと久々によく晴れる。そして、誰も、もう訪れることはないと季蔵が確信した時、嘉助の身に何事も起きなかったと安堵する一方、

——これで脅しの文の主は諫早屋七右衛門ではないとわかったが、松葉屋での元幕府重職の惨殺の手掛かりも切れてしまった——

振り出しに戻ってしまったと感じた。

嘉月屋の職人たちがやってきた。もちろん三吉も一緒だった。

「おはようございます、旦那様」

「寒くはなかったですか？」

「朝見るときらきら輝いてる。まるでこの大江戸も綺麗な花がいっぱいのお城も極楽浄土みたいだ」

挨拶や心配、感動を口にする職人たちや三吉を前に、何も起こらなかったせいもあってか、嘉助は茫然自失としていた。代わりに季蔵が、

「このままそーっと嘉月屋にお運びください」

職人たちに指示を出した。

「ええっ？　嘉月屋にですか？」

困惑する嘉助に、

「当たり前です。ピエス・モンテや知り合いに多少の案は得たとはいえ、嘉助さんのところの材料で嘉月屋の職人さんたち、大番頭の峰吉さんが作ったものなのですから。あなたのものですよ、嘉助さん」

季蔵は言い切った。

「ええ、でも、季蔵さんや菅原様、三吉ちゃんたちにもお手伝いいただきましたので、わたしのものとは言えないのではと――」

固辞する嘉助に、

「おいら分けて欲しいなんて言わないよ。その代わりに店にはちょいちょい寄るから、見せてね、お願い」

三吉はにこにこと笑い顔を見せた。

「それではお言葉に甘えさせていただきます」

こうして大江戸大雪菓子は嘉月屋に引き取られて行った。

三吉と店に帰り着いてみると、

「おはようございます、お待ちいたしておりました」

内与力で烏谷の子飼いである須賀主水が戸口で待ち受けていた。寒さのせいもあるのだろうが、相変わらず表情が乏しくやや青ざめている。押し出しとは無縁なぱっとしない風貌であった。

「あの人、誰？」

三吉が小声で訊いてきた。

「お奉行様に仕えている内与力様だ」

「ふーん、今まで一度も見なかった顔だね、それに言葉遣いが丁寧。けどちょっと冷たいかな」

「まあ、そういうこともあるだろう」

囁き合いを終わらせた季蔵は、

「朝餉はお済ませになりましたか？」

相手に訊いた。

「いや――」

「それでしたら、うっかり飯を炊き忘れておりましたので、八杯豆腐でもいかがです？」

八杯豆腐が烏谷の好物であったか、どうかまではわからないが、お涼の家に居る時、小腹が空くとこれを必ず所望した。いつだったか、

「お涼の奴、飽食はいかん、『養生訓』を書いた貝原益軒もそう言っているのだからと言って、わしがお八つをねだるとこれなら許してくれるんでな、これで我慢するしかないが、そう不味くはない」

季蔵にそっと打ち明けてくれたことがあった。

八杯豆腐は絹ごし豆腐をうどんぐらいの太さに細切りにして、酒と醤油、塩一つまみで味つけした鰹節の出汁で温め、葛でとろみをつけて仕上げる。この時酒と醤油、出汁の割合が一対一対六であることから、八杯豆腐と名付けられた。酒好きの左党はこのままで酒を勧め、甘党には最後に加える葛に砂糖を少々加えて供する。安く手軽に出来る料理番付評で、精進部門の最高位である大関（この番付に横綱の位はない）に選ばれたこともある絶品であった。

「それがしは葛のとろみが苦手なので遠慮します。それと今は急を要します」

須賀は素っ気なく応えて店の中には入ろうとしなかった。

「わかりました」

季蔵は三吉に店に入るよう顎をしゃくると、相手と一緒に歩き始めた。

「急用とは？」

「京橋は槍屋町にある、菓子屋を兼ねる砂糖屋諫早屋七右衛門が死んで見つかりました。雪見の帰りのことです」

須賀は淡々と知り得ている事実を話した。

「このような報せはたいていが岡っ引きの親分等から、もたらされるものなのですが――」

季蔵が咄嗟に不審を口にすると、

「お奉行からこのような文を言付かっております。ご覧ください」

相手は懐に畳んでしまっていた文を季蔵に渡した。


　この先の事件は当分、死んだわしの代わり、そちにいの一番に報せるようにしてある。松葉屋と関わって不審な事件が市中で起きたら、周囲には伏せ通し、そちと季蔵だけで調べを進めるように。くれぐれも他の者には気づかれぬように。この一件に善良な松次(まつじ)や田端(たばた)を関わらせたくないのは、命を無駄にさせたくないからだ。それほど恐ろしい敵が相手なのだ。一切の善意は断ちきり、油断禁物。そちたちも細心の用心をするように。わしは彼岸(ひがん)で待ってなどおらぬぞ。

烏谷

須賀主水殿

須賀は季蔵が読み終えるのを待って、

「というわけです」

感情の籠(こ)もらない声で念を押すように言った。こちらではなくじっと宙を見据えている細い目が刃(やいば)のごとく鋭く光った。

――さすがお奉行が見込んだ男だ――

季蔵は烏谷の笑っていない目を思い出していた。

六

諫早屋七右衛門が頭を石で殴られて見つかったのは、仲間うちの集まりの帰り道、紀伊國橋を渡りかけたところであったが、そこに骸はなかった。

「目立つので物乞いの手を借りて橋の下に移しました」

須賀は物乞いたちが着の身着のままで起居している橋の下に季蔵を案内した。固い雪の上に鬢に白いものがちらついている、諫早屋と思われる恰幅のいい四十半ばの男が頭から血を噴き出して倒れている。引きずった跡はない。

——須賀はこの骸を運んでここまで来たのだな——

背こそやや低めで痩軀の須賀は見かけによらず力があるようだ。

「仮にも諫早屋七右衛門は市中で五本の指に入る大店の主。夜、一人で出掛けて帰ってくるとは思えません」

季蔵は提灯を提げて一緒に帰路を急いでいたはずの奉公人の存在を仄めかした。

「そやつならここです」

須賀は少し離れた窪みまで歩いた。屈みこみ、降り積もった雪を両手で掻いていくと、大の字に倒れている若い男の骸が出てきた。わりに整った顔立ちで商家の手代が着る縞木綿のお仕着せを着ている。胸を一突きされていて周囲の雪が血で染まっている。潰れた提灯だけではなく、大徳利も一緒に転がっていた。

季蔵はずっしりと重い徳利を手にして、

「これは主が襲われた時、橋の下へと逃げ出して殺されたのではありません。追いつかれて殺されたのなら背中から突き通されているはずです。この男は七右衛門さんを石で殴り殺す目的で仲間となり、この機を待って、辛抱強く、諫早屋で奉公を続けていたのでは？　酒を酌み交わすほどだった仲間が一部始終を見届けていて、労いの大徳利を渡した時に隙をついて腹部を深く刺したのでしょう」

想うところを話した。

「見ていた物乞いたちに訊きましたがほぼその通りでした。使われたのは脇差しだったそうです。関わり合いになるのはご免だったので、物乞いたちはもめ事が起きたときにはいつもそうするように、蜘蛛の子を散らすようにひとまず逃げたそうで、下手人の顔は見ていないとのことでした」

脇差しと聞いた季蔵は寂光和尚とその相手の傷痕を思い出した。

――矢萩藩江戸家老佐藤生之丞の仕業では？――

この後、須賀は手代の骸だけではなく、諫早屋七右衛門の方にも雪をかけて埋めた。

「この一件はひとまず隠さねばなりませんので」

二体の骸の雪かけを集まってきた物乞いたちが手伝うと、

「ご苦労さん」

意外にも気安い物言いをして、

「これでみんなで温かいものでも食べてくれ」

頭と思われる白髪の老婆に銭を渡した。

「あいよ、ありがと」

微笑むと老婆の顔はさらに皺深くなった。

――このあたりのやり方はお奉行に似ていないこともない――

「あとはここを廻れとのお指図です」

須賀は先ほどとは別の文を渡してきた。


わしが廻ろうと決めていたのは、松葉屋に集った坊主どもだ。慈縁寺の日海、明照寺の字鏡、増光寺の良円、有明寺の幸庵、妙真寺の寂光。かならずこいつらに手掛かりがあるとわしは思っている。とにかく、急げっ。

烏谷

須賀殿

季蔵殿

――実はわたしもあんな痴態を見せて殺された寂光和尚以外の住職たちが気に掛かっていた。身に危険が及んでいるのでは？――

季蔵は寂光の死に様を須賀に話した。

「それでは妙真寺の寂光から訪れてみましょうか」

須賀の提案に、

「しかし、もう、殺しが届けられるか、知られるかして調べられているはずですが――」

言いかけた季蔵は、はっとして、

――わたしとしたことが、いかん、いかん――

「うっかりしました、寺社での殺傷沙汰は奉行所ではなく、寺社奉行様のお裁きでした」

拳を額にごつんと当てた。

須賀は何も言わず、

「それでは参りましょう」

先に立って妙真寺へと急いだ。

「ここでした」

須賀は季蔵が二度も訪れている山門の前に立った。

「たしかにここのはずなのですが、妙真寺ではなく、なぜか聞いたこともない連翹寺と扁額に書かれています」

季蔵が首を傾げると、

「まあ、とかくそういうことなのです」

須賀はさらりと言ってのけて、

「とにかく、急ぎましょう。ここからの近間は慈縁寺です」

季蔵を急かして次なる寺へと向かった。

「市中の寺社にくわしいのですね」

季蔵が感心すると、

「ええ、まあ」

須賀は気のない受け応えをしたが、その足は雪を踏みしめて歩いているとは思えぬほど軽快で早かった。

慈縁寺まで行き着いたものの扁額の文字は円相寺とあった。

「またですね」

季蔵の言葉に須賀は無言であった。

三番目の増光寺は尼寺の菩薩寺に変わっていた。境内では若い尼たちが近くの子らと雪だるまを作っていて、そのうちに男の子らが雪を丸めて雪合戦を始めた。

「つかぬことをお訊ねしますが、ここは良円様が住職をしておられる増光寺では？」

須賀が尼の一人に問い掛けると、

「さあ――」

相手は困惑して他の尼たちを見た。笑みを消した尼たちの首が一様に左右に振られた。

「ここからだと次は明照寺ですね」

季蔵も市中には暗い方ではない。

明照寺の山門が見えてきたところで、さっと大きな影が雪の上を跳んだかのように、走り去るのが見えた。近づくと扁額の文字は遥照寺になっていた。

「仕組みのほどがわかってきました」

季蔵は須賀に向かって呟いた。

最後は有明寺だった。

——何とここは変わっていない——

扁額の文字は有明寺とあって、本堂からは線香の煙が漂い出ている。須賀が戸を開け放った。棺桶が二つ。住職の幸庵と思われる初老の僧侶と若い坊主頭が各々、旅立ちのための白い僧衣を着せられ、棺桶の中でくの字になっている。弔いの準備は出来ているものの、供養する者の姿はどこにも一人も見当たらなかった。

季蔵は二人の顔を見た。苦悶の表情でどちらも拭った血の痕がまだ唇にこびり付いている。

——なるほど、こっちは毒死か——

季蔵は妙真寺で斬り殺された、寂光と寺男の姿が頭に浮かんだ。探すとこちらにも妙真寺同様、地下に続く階段が豪勢な仏具や仏像の裏に隠されていて、下りてみるとそこもやはり氷室だった。ここには〝彦根〟という名札が付いた霜降り牛肉の塊が幾つも貯えられていた。

寺を出る時に棺桶担ぎの二人組とすれ違った。二人ともただの棺桶担ぎとは思えない険しさを漂わせている。だが須賀は呼び止めなかった。

――この寺で供養しないで運び出してどこへ？　見逃していいのか？――

季蔵が心の中で須賀を咎めると、

「ここは寺ですから、棺桶担ぎが出入りしても不思議はありません。それに我らに寺への調べは許されていません」

察した相手はやや憤怒を帯びた物言いになった。

「とかくそういうことなのですね」

季蔵は先ほどの須賀の言葉を借り、相手は無言で頷いた。

――高級肉の密売、色欲に狂う住職たちの生殺与奪、町奉行所が立ち入れない特権を余すところなく使っている。何と腐れ果てた政の一端か――

これは魔性を秘めた蛇のように絡み合っていた寂光と寺男の姿にも増しておぞましいと、季蔵は反吐が出そうになった。

「こんなことがいったい、いつから――お奉行様は前々から御存じだったのだろう」

季蔵は呟いたつもりで、もとより須賀の応えは期待していなかったが、

「もちろんです」

相手はきっぱりと言い切って続けた。

「そろそろ、先の公方様である大御所様が、今の公方様に将軍職を譲るべきだという話が持ち上がってきた頃からだと聞いております。この話をお奉行に洩らされ、大御所様譲位に反意を示されたのは、元御老中、井本藩二十万石の水原弾正様でした。その時お奉行

はそれがしに調べるように命じられ、〝水原様は今、上様に退かれては、自分たち側近たちでせっかく築いた太い金蔓までふいになると案じ、あちこちに顔が利くわしを駒に使おうとしている。たしかに清濁合わせ飲まぬと堤防は造れず、橋の修理もできずに、天候機嫌次第で町民たちを死なせてしまう。とはいえ、老中と組むのは橋は橋でも、ちと危なすぎる橋ゆえ、この話の流れ、しかと聞き置くように〟との仰せでした」

徳川将軍家の御膝元ではあっても、市中の災害を防止するための普請費用は天文学的な額がかかり、どうやっても足りないのが現状であった。奉行の烏谷にはこの恒常的な窮状を少しでも救いたいという信念があった。これに基づいて、地獄耳と千里眼、金の在処を嗅ぎ当てる嗅覚を駆使しつつ、金集めに奔走してきた。金そのものに綺麗も汚いもない、ようは使い方次第だというのが烏谷の持論であった。

七

須賀は話を続けた。

「差配が我ら奉行所の外にある武家や寺社であっても、市中で事件を起こすことはありません。例えば密貿易の首謀だったり、人買い商人と手を組んでいたりと――」

――これはお奉行が元筆頭老中を頂点とする、大御所様の側近たちと関わり、たとえご自身の信念のためとはいえ、密貿易の見逃し等便宜を図って実入りを得てきたということなのだ――

正直季蔵は少なからぬ衝撃を受けていた。

――あのお奉行が幼子が売り買いされることもある、許し難い人買いをも見て見ぬふりをしていたとは――

季蔵は知らずと拳を固めていた。烏谷が生きていてこの場にいたら、怒りの余り、殴り倒しているはずだった。

話しながら歩いていた二人はいつの間にか、その氷室に骸が安置されている烏谷の私邸に帰り着いていた。

「そうでした、これもお奉行がお渡しするようにと命じられた文でした。先ほどの大事なお話をした後、通夜の前に渡すようにとのことだったのです」

季蔵は差し出された文を読んだ。

話はわしが最も頼りにしている須賀主水から聞いてくれたものと思う。実はわしは水原弾正様に頼まれて奉行でなければできぬ数々の便宜を図ってきた。もちろん、災害や治水のため民のためのものではあったが、一部は我が身のために貯えた。これがおよそ千両近くある。

いいか、通夜の席には気をつけろ。そちの役目を封じ、わしを亡き者にした奴(やつ)は必ず通夜の客の中にいる。すでに南茅場町(みなみかやばちょう)のお涼のところは箪笥(たんす)や押し入れ、納戸が空けられてわしの貯えが探された後だろう。だが残念、わしの貯えは場所は言えぬが私邸に隠してあるのだ。

そちにあのようなおかしな脅しの文を出し、松葉屋で幕府の元重職だった隠居たちを殺し、今後の利益のために坊主たちまで始末するであろう憎き悪人は、必ずわしの金に惹(ひ)かれて通夜に来る。

今にして思えば老いた時の貯えなどと思いついたのが仇(あだ)となった。柄にもなく欲を掻くものではないな。全く不徳のいたすところでひたすら悔恨あるのみ。かくなる上は何としてもわしの金は守ってくれ。そして世のため人のために役立ててほしい。

須賀よ、季蔵よ、もはやおまえたち二人だけが頼りだ。

烏谷

須賀殿

季蔵殿

「腹が立っているようですね」

須賀が季蔵の胸中を察した。

「須賀様のお話を伺って、もしかしたらと思いはしましたが、あのお奉行に限ってそんなはずはないと一縷(いちる)の望みを抱いていましたので――、須賀様は？」

「時折、お奉行はこんなことをおっしゃいました。〝大雨や大風等の災害が尽きることなどない。一番気落ちするのは一瞬にしてせっかく築いた堤防が崩れ、橋が落ち、ともに濁流に呑まれる時だ。毎年、毎年、市中のどこかでこの繰り返しがある。わしはいずれ年を取って朽ちるというのに、災禍は永遠に生まれ続ける。そう考えると災禍との闘いはあまりに空しい、空しすぎる〟と。たしかに災禍に終わりはなく、お奉行がおっしゃっている通りだと思います。そして気を落とされているお奉行のお姿を見るのは辛かったです。正直それがしごときにはお慰め申し上げ、ご奮起いただく言葉はありませんでした」

須賀は珍しく感情を言葉に出した。

その後須賀は私邸に入り、季蔵は塩梅屋へと戻った。

――気になるのは栄二郎様のこと。寂光殺しが行われた妙真寺へ行き、お家騒動を巡って宿敵のはずの佐藤生之丞に仲間呼ばわりされていた理由が訊きたい。松葉屋での惨殺と関わっているのか、どうかも知りたい――

真っ先に離れへと急いだが栄二郎の姿はなかった。ふと気になって、栄二郎に渡した白い紙の束を探した。書いた紙を入れる大きめの文箱の蓋を開けてみたが、一枚も書かれてはいない。白い紙の束は納戸に戻されていた。

――栄二郎様は頭の中にある四方八方料理大全を書き留めるお気持ちなどありはしなかったのだ――

季蔵は栄二郎への不審が一挙に噴き上げるのを感じた。

――栄二郎様が黒幕であったなら、わたしへの脅しの文と言い、塩梅屋に現れて次々に難題の料理の案を授けてくれたこととも辻褄が合う。謎かけの田の神が稲荷神社だと言い当てても、謎をかけた当人なのだから当然だ。とかく大名家の内証は火の車で矢萩藩は四方八方料理大全で多少潤っているとはいえ、多少にすぎない。そもそもが小藩にすぎず、名家枝幸藩の支藩にすぎない。たとえ栄二郎様が次期藩主となっても、内証の火の車は続くはずだ。どこからか、洩れ聞いたお奉行の千両を狙うべく、父上の命と引き替えの難題の料理でわたしの動きを封じたとしてもおかしくはないだろう――

季蔵は机の上に置いたままになっている、大きな画帖（スケッチブック）を手に取った。

――もしや、ここに策謀の一端が記されているかもしれない――

季蔵は開いてみた。

――何と見事な――

そこには虎と言われている生き物が描かれていた。海の向こうの生き物である虎を目にしたものはほとんどおらず、絵師たちは身体の動きや目つき等、図体の大きさ以外はよく似ている猫を観察して作品に仕上げてきていた。季蔵は次から次へと丁をめくり続けた。最後の一丁まで雄々しい虎のさまざまな肢体が描かれていた。

「只今、帰りました」

離れの玄関で栄二郎の声がした。すっかり虎の画に魅せられてしまっていた季蔵は、

「お帰りなさい」

勝手に画帖を見ていたことに少しの疚しさもなく相手を迎えた。

「鯨や鳥獣料理だけではなく、虎の画にもこれだけのお力があるとは知りませんでした。

円山応挙や伊藤若冲もかくやと思われる出来映えでは？」

季蔵は興奮気味に褒めた。

――このお方を前にすると、どんな猜疑心も溶けるように消えてしまう――

「そうでしょうね」

珍しいことに栄二郎は謙遜せず、

「応挙や若冲は虎を目の当たりにして描いているわけではないでしょうから」

さらりと言ってのけ、

「実は今、矢萩藩江戸屋敷まで出向いて、兄上と飼われている虎の両方を看取ってきました。藩主だった兄上のただ一つの楽しみは虎を前にして絵筆を取ることだったのです。不思議なもので、生まれてまもなく飼われたこの虎は兄上の体調が悪くなるにつれて、餌も食べなくなって元気を失っていたのです。兄上と一緒に供をして旅立つつもりだったように思えてなりません」

目を瞬いた。

「ご逝去されたとなればすでに跡継ぎは決まっているのでしょう？」

「ええ、このわたしです」

「たしか、お話ではお兄様の御生母様であるお父様の御正室様が、他家へ嫁がれた実娘のお産みになられた若様を藩主に迎えようとされていて、あなた様はお家騒動に巻き込まれ、御生母様派の江戸家老にお命を狙われているということでしたが――。アカニクをもとめに連れて行ってくださった時は、江戸家老が待ち構えていて驚かされました。しかし、もっと驚いたのはその江戸家老が刃を向けたのは、昼間から若い寺男と同衾（どうきん）中の寂光であなたではなかったことです。江戸家老とあなたとは仲間うちのように見えました」

季蔵は率直な物言いをした。

「やはりあの時尾行（つけ）てきていたのはあなたでしたか」

栄二郎は苦笑して話し始めた。

「あなたには嘘（うそ）を言いました。けれども、わたくしと江戸家老は仲間ではありません。江戸家老の佐藤生之丞は自分が藩の実権を握り、栄耀（えいよう）栄華を極めるために、御生母であるお美加（みか）の方様のお血筋を利用しようとしていたのです。わたしはお美加の方様から跡を継いで欲しいと頼まれていましたが、あまりに佐藤の企みが入念で邪悪なので、これを糺（ただ）して振り切り、お美加の方様の願い通り、この藩を守るためには、まずは仲間のふりをするほかなかったのです。わたくしには生きている四方八方料理大全であるいう利点があり、すぐには殺されはしません。でも仲間になってもいつかはきっと――」

「用済みになったら始末されると？」

「そうです。狙いは初めからわかっていました。以前お話しいたしました通り、他に類をみない四方八方料理大全には大きな価値があります。それでこれを本にして、多額で各藩に売り捌いてはどうかとわたくしの方からもちかけました。わたくしが頭の中の四方八方料理大全を紙に写さなければ金にならないとわかっていただけに、江戸家老は大喜びしました。剣術自慢で放蕩者、頭の軽い江戸家老はただただ金に目が眩んで操られているだけで、この裏にはかなり手強く強欲な黒幕がいるとわたくしは看破していました。生之丞が寂光和尚を斬った時ますます確信を強めました。寂光はそう簡単に殺していい相手ではなかったからです」

「和尚はどのような役割を担っていたのですか？」

「江戸市中で密かに取り引きされている高級肉を扱う元締めです。大御所様直々に任ぜられたという話も聞いています。それがあんなにもあっさりと殺されてしまったのは、長く続いてきた高級肉売りの利権が移るのだと分かりました。そして、そこまでやれるのは相当の大物にして黒幕なのだと察したのです。そしてその相手は四方八方料理大全さえ我が物とするつもりで、江戸家老に餌を投げたのです。そやつが誰だか突き止めて、息の根を止めるまでは、わたくしの命や四方八方料理大全だけではなく、矢萩藩の安泰はありません。それまではあなたに嘘を吐き通すつもりでしたが——。初めてあなたと会ってあまりに自分と似ていて驚き、同時にこの男にはいずれ嘘が見破られてしまうと思いました。その通りになりましたが、どうか、あと少し待ってはいただけませんか？　わたくしを藩主にと推してくれた亡き藩主の兄上、お美加の方様のためにも、必ずや黒幕を炙り出して矢萩藩を守り通したいのです」

——もしや、これは——、栄二郎様とわたしたちは同じ黒幕を追っているのでは？——

「わかりました。ついては一つお願いがございます。何も訊かずにあるお屋敷の通夜振る舞いの手伝いをお願いしたいのです」

季蔵の頼みに、

「承知しました」

栄二郎は大きく頷いた。

八

この後、季蔵は店に戻って三吉に烏谷の死を告げ、通夜振る舞いを引き受けた話をした。

「瓦版に書かれているように、食い道楽のお奉行が悪いものに中(あた)ったのだそうだ」

烏谷は訪れた際、三吉に、

「元気でやっておるかな。せっかく飯屋で奉公しているのだから、飯だけは沢山食わせてもらえよ。このわしのようにな」

ぼんと突き出た腹を叩いて見せるのが常だった。気さくに声掛けはしてくれるものの、相手は町奉行であり、

「へい」

三吉はかしこまった返事をするだけで、嘉助や鶏(とり)屋の主のように一緒に長話をするほどの仲ではなかった。

ところが、烏谷の訃報(ふほう)を聞いたとたん、

「えっ？」

三吉の顔からすっと血の気が引いた。

「おいら、このところ瓦版、見てなくて知らなかった。あの相撲取りみたいなお奉行様が死んだなんて——信じられないっ、嘘だよね、嘘、嘘、嘘」

季蔵ではなく宙を睨んで繰り返した。そしてしばらくすると、

「相撲取りお奉行様、何で死んじゃったんだよお」

おいおいと泣きだし、涙が涸れたところで、

「おいら、お奉行様の搗いてくれた餅の味忘れないよ。ふわふわで柔らかでそれでいてもちもち、あんな美味しい餅食べたの初めてだったもん。お奉行様ぁ、戻ってきてよぉ」

切なげに叫んだ。

「通夜振る舞いは、亡きお奉行が塩梅屋で一番気に入っていた料理を、と書き遺しておられる。わたしはお奉行の一番の好物は天麩羅だったと思う。ただし、神出鬼没に市中を見廻っていたお奉行はたいした人気で、通夜には沢山の人たちが押し寄せるだろう。天麩羅も満足できるほど食べて貰うには半端でない数が要る。一人でも多くの弔問客の口に入って欲しいと、あのお方なら思うはずだ。そこで考えたのがきんぴら天麩羅茶漬けなのだ。道之介様と二人で手伝ってほしい」

「合点承知。おいら、これで相撲取りお奉行様の供養が出来てうれしいよっ、そういや、きんぴらもお浸しなんかより相撲取りお奉行様、大好きだったよね。任せといてっ」

三吉は一瞬だが笑い顔になってどんと自分の胸を叩いた。

「何だ、今泣いた烏じゃないか」

季蔵が微笑んで励ますと、

「相撲取りお奉行さん、まだここにいておいらのこと見てるんだよ、きっと。待っててね、おいら最高のきんぴら天麩羅茶漬け拵えるからさ」

三吉は泣き笑いした。

二人に栄二郎も加わってまずはきんぴら天麩羅のタネ、人参と牛蒡のきんぴらが作られた。ちなみにきんぴらの番付は八杯豆腐の大関には及ばないが、二段下がっての小結であった。

「天麩羅のタネにするので牛蒡のささがきは限りなく薄く、人参の千切りも細く。その方がかりっと香ばしく揚がる」

季蔵の指示に、

「牛蒡はうすがき、人参は万切りってことだよね」

切るのがお得意の三吉はにやりと笑った。

まずは泥を落とした牛蒡の皮を包丁の背でこそぎ落とす。その牛蒡を回しながら包丁の刃先で削るように薄く切り、ささがきにし、アク抜きのために水に晒して笊に上げておく。人参は烏谷の好みの皮付きのままで千切りにする。

平たい鍋に胡麻油を入れて熱し、牛蒡、人参を加えて、しんなりするまで中火で炒め、まず酒を加え、砂糖、味醂、醤油、白い煎り胡麻を加えて混ぜ、煮汁が少量残るくらいまで煮詰める。

これできんぴら天麩羅のタネが出来た。

小麦粉と水で衣を作り、ここにさっとタネを潜らせ、かき揚げの要領で油でからりと揚げていく。

炊きたての飯を丼に盛り付けて、揚げ立てのきんぴら天麩羅を載せ、適量の塩を振り、たっぷりの煎茶を掛け廻して仕上げる。好みでもみ海苔や柚子の皮の小片を薬味にする。

試食した三吉は、

「美味しいだろうってわかってたけど、わかってた以上に旨い」

五杯目のお代わりを終え、

「これはもう、鯨や鳥獣肉にはない美味しさですね」

栄二郎はしきりに感心していた。

この後季蔵は三吉を損料屋に走らせた。

「すまないが、沢井屋に行って、丼を二百杯と引裂箸を二百膳、お奉行様の私邸、本郷まで届けてくれるよう頼んできてくれ」

消えてなくなる食べ物等以外、たいていのものを貸し出しているのが、損料屋であった。多くの人に供する通夜振る舞いには重宝な商いである。

それから一刻半（約三時間）ほどして戻ってきた三吉は、大きな油紙の包みを抱えていた。

「損料屋の方の手配は済んだよ。帰る途中でばったり、鶏屋さんの旦那さんと会ったんだよ。旦那さんも相撲取りお奉行が死んだこと、知ったばかりで、〝お奉行様だというのに気さくで面白い人だった。通夜振る舞いを塩梅屋さんが引き受けたのなら、是非、好きだったうちの鶏肉や軟骨を役立ててくれ〟って、おいら鶏屋さんに連れてかれたんだ。それで貰ってきちゃったんだよね」

油紙の包みをほどくと何枚もの鶏の胸肉と何本もの軟骨が重なり合っていた。

「たしかにお奉行様はお好きだったね、鶏肉が」

季蔵はしみじみとした口調で、七輪の丸網で塩焼きした鶏の腿肉にかぶりついている烏谷の様子を思い出し、

「鶏肉の天麩羅なんてありかな？」

三吉は天麩羅に拘った。

「鶏肉なら天麩羅よりも歯応えのある唐揚げでしょう。四方八方料理大全流でわたしにも供養させてください」

栄二郎は一度外した襷を再び掛けた。

こうして通夜振る舞いにもう一品加わった。

まずは鶏の胸肉と軟骨を小指の先ほどの賽の目に切り揃えておく。皮をむいた蓮も賽の目に切って、水に晒してアクを抜く。

鉢に醤油、酒、味醂とおろし生姜を入れ、胸肉と軟骨を加えて下味をつける。

「ここでどうして蓮を入れないの？」

三吉の問いに、

「蓮には水気がありますから、片栗粉と一緒に混ぜないと水っぽくなってしまうのです」

栄二郎は応えた。

四半刻（約三十分）ほど漬け込んだところで、蓮と片栗粉を加えてよく混ぜ合わす。木匙で落とし揚げにしたり、手でぎゅっとタネを握って油に落として揚げていく。油を切って大皿に盛る。

「小さく切っているせいで、よく味が染みています。蓮と軟骨、同じコリコリの食感でも違いがあって美味しいです。いいですね、肴にはうってつけです。いくらお奉行様の大好物とはいえ、きんぴら天麩羅茶漬けだけでは華がなさすぎると思っていたところでした」

季蔵はこの料理を讃え、三吉は、

「何って名づけるの？　おいらは鶏のコリコリ唐揚げっていうの、どうかなと思うんだけど」

栄二郎の方を見た。

「そうですね、ぴったりだと思います」

こうして二百人以上の弔問客のために、きんぴら天麩羅茶漬けと鶏のコリコリ唐揚げの支度が調えられた。

「よろしくお願いいたします」

下拵えされた通夜振る舞いと胡麻油、何台かの七輪が大八車に詰め込まれ、三吉と栄二郎と共に季蔵はこれを押して本郷へと向かった。

「驚かせては気の毒ですから」

栄二郎は季蔵によく似た顔がわからぬよう、頭から手拭いをほっかむりしている。

雪道なので荷がどっしりと重く感じられて進みが遅い。だが、何とか近くまで行き着いた。須賀主水は屋敷の前で待ちかねていた。

「ご苦労をおかけします」

労いの言葉は丁寧で、

「損料屋から借りた品はすでに着いています」

報告もあったが、荷を運ぶ手伝いはしてくれなかった。季蔵は三吉、栄二郎と一緒に材料や道具を裏門から厨へと運び込んだ。

「お話があります」

運び終わるのを待っていた須賀は、幾分苛立った様子で季蔵を通夜が行われる大広間へと案内した。

「殿の菩提寺から特別にお借りしました。何と申しても殿は檀家の中でも出世頭でしたから」

須賀は胸を張った。通夜や野辺送りに必要な仏具を前にして、白装束に包まれた烏谷の骸が北を枕にした白い布団の上に横たえられている。枕元には樒の枝葉が一本飾られ、線

った。たしかに死んでいる。

香立てからは線香の紫色の煙が流れ出ている。布団の上には守り刀があった。一間半（約二・七メートル）ほど離れ、数珠を手にして畳に座った季蔵は、頓首を繰り返しつつ、烏谷の骸に近づいた。目の当たりにする骸は季蔵が知っている烏谷に相違なかった。たしかに死んでいる。

九

「こちらへ」

須賀は季蔵を部屋の隅へ呼び寄せた。

「ここです」

引いてみなければ土壁にしか見えない一部が闇に変わった。引き戸が隠し部屋と大広間との間を隔てている。

「こんなところに――」

「この屋敷はその昔、台徳院（二代将軍徳川秀忠）様が神君家康公の命を受け、こちらに味方すると見せていながら、実は大坂に通じている諸大名と家臣を招き、隙を見て息の根を止めるためのものだったと聞いています。ここに手練れの者を忍ばせていたのでしょう。まさか、敵も大広間での宴席で討たれるとは思ってもみないでしょうから。殿は〝台徳院様は凡庸呼ばわりされてきたが、なかなかのあっぱれな策謀家よのう〟などとおっしゃって、時折、ここで過ごされておられました」

「それではわたしも」

季蔵は須賀と共に隠し部屋の中へ入った。多勢を討つためには幾ら手練れの者でも七、八人は要る。長細く間取りした四畳半ほどの広さで、そう狭くはない。

「これを替えれば大広間をほぼ見渡せます」

須賀は季蔵が背にしている隠し部屋の土壁を取り外した。そこも引き戸になっていた。広間の壁と一体化している引き戸とその引き戸を取り替え、空いている覗き穴を埋めている紙を取り除いていく。覗き穴は引き戸の全面にぱらぱらと十個あった。

「そして、事を終えた後は戻しておいたはずです」

須賀は覗き穴の空いていない背後の引き戸へ顎をしゃくった。季蔵は二種の引き戸を動かして元に戻した。

「わたしはお奉行が遺されたあの文にあった、〝わしの通夜には気をつけろ〟というのは、通夜に現れる者の中に一連の殺しの下手人がいて、お奉行の貯えを狙って探しに来る、あるいはもう、在処の目星はついていて、盗りに来るだけになっているという意味なのではないかと思うのです」

須賀の言葉に、季蔵はなるほどと頷いたが、

「わかりました。須賀様は弔問の方々の会釈でお忙しいでしょうから、わたしが焼香の様子をここで見張ることにします。早速、通夜の経が終わって、客たちの焼香が見える覗き穴がどれかを調べておかなければ。ごめんどうですが、菩提寺の僧侶の後に客たちが座っ

て焼香する場所に座布団を置いてください」

「わかりました」

　こうして季蔵は何度か、引き戸を取り替えて万全の見張りの準備を整えた。後は厨での通夜振る舞いの支度を手伝い、裏庭に運び込まれた棺桶の点検等を忙しくこなしているうちに通夜の刻限が近づいてきた。

　季蔵は裏門から出て、表門近くの様子を窺(うかが)った。

　——さすがお奉行だ——

　烏谷の屋敷の門前は、中に入りきれない、訃報と通夜を聞きつけた人たちが長蛇の列になっている。中にはもちろん、何人かの瓦版屋もいてこの様子を手控帳に書き付けている。

　季蔵の知った顔もあった。

「おいっ、早すぎたんじゃねえのかい」

　大工の辰吉(たつきち)が苦情を言うと、

「早すぎるのも供養のうちだ」

　喧嘩(けんか)友達の履物屋の隠居喜平(きへい)は傲然(ごうぜん)と言い切った。

「どうせ、御隠居はいい女でもいねえかって、目を皿にしてんだよ。助平は供養になんねえぞ」

　辰吉が喧嘩を売りかけると、

「まあまあ、ここ一番、お二人が穏やかでないと供養にはなりませんよ」

慌てて駆け付けたと思われる勝二（かつじ）が仲裁に入った。

船頭の豪助（ごうすけ）と漬物茶屋を切り盛りしている女房のおしんの姿もあった。

「あの日方は船頭泣かせだったな、船賃は一人幾らなんだから」

しんみりと呟いた豪助に、

「こっちは一樽（たる）の半分くらい、好物だって喜んでくれて、茄子（なす）の辛子漬けを食べてくれて大助かりだったわよ」

明るく言い放ったおしんは目を瞬いている。

長崎屋五平（ながさきやごへい）は、

「人気はあったが悪い噂も知る人ぞ知るで、これほど噺（はなし）にしにくい御仁はいないなあ。いっそしない方がいいのかも」

しきりにぼやき、

「でも、あなたが最も噺にしたいお方なんでしょう？　頑張って」

元娘義大夫だった妻のおちずに励まされている。

長身痩軀で目立つ北町奉行同心の田端宗太郎（そうたろう）は烏谷の配下にあり、無類の酒好きにして寡黙、悼（いた）む気持は言葉にならず、

「南無阿弥陀仏（なむあみだぶつ）、南無阿弥陀仏」

口の中で念仏を繰り返しつつ、赤子を抱いている新造（しんぞ）の元娘岡っ引きのお美代（みよ）と寄り添っている。

その後ろには岡っ引きの松次がいた。田端を介して烏谷に仕えていた松次の髷には白いものが増えたように見えた。

染み付いた岡っ引き根性なのか、それとも烏谷の死が只の食中りではないと直感してのことなのか、四角い顔の皺に埋もれかけた両眼が周囲を鋭く見廻している。

——これはいかん——

慌てて季蔵はひとまず近くの雪を被った樒の茂みに隠れた。

その前を通って列に連なろうとしているのは蔵之進とおき玖であった。おき玖は眠たくなってぐずりはじめた我が子を抱いていた。

「あたし、まだこの娘をお奉行様にお見せしてなかったのよ。だから、お別れに是非——」

おき玖は泣き腫らした目をしている。

「嫌いと言いながら、実は子ども好きだったお奉行も喜ばれるだろう。眠った子は重たいから」

蔵之進はおき玖から子どもを抱き取った。

——この蔵之進様は本物だ。だとしたら、疾風小僧翔太が化けた蔵之進は今、どこにいるのか？——

通夜が始まった。長い経の後に詰めかけた人たちの焼香が果てしなく続く。

季蔵は隠し部屋に籠もった。引き戸を覗き穴のものに替えて、一心不乱に穴から見える客たちを吟味していく。あっと声を出しそうになったのは矢萩藩江戸家老佐藤生之丞の姿を見た時だった。

――なにゆえか？――

すると突然、天井裏からぷんと白粉が香って人が一人、音もなく落ちて季蔵の隣りに立った。

「ったく、あんたのおとっつぁんときたら、時々、本物も気がつかねえうちに俺がすり替わっていたんだが、俺の蔵之進つまり播磨隆太郎を、知らない奴、曲者だっていうんだ。俺が蔵之進じゃねえって見破るんで難儀したぜ。おとっつぁんがふらふら歩きをするのを止めたこともあったのにさ。ニセモノがいる、いるって大騒ぎすることもあったが、幸い、他の家族は端っから信じねえんで助かった」

切れ味の悪くない饒舌の疾風小僧翔太であった。

「それは何とも有り難かった」

季蔵はさらりと礼を言って、

「なるほど、天井裏か」

相手が下りてきた天井を見上げた。

「わざと造らずとも天井裏は出来る。そして天井裏に潜むのは忍びや俺たちのお家芸だってことさ。台徳院様とやらの裏をかく豊臣方だって居ただろうよ」

「得意の女の形だな」

疾風小僧翔太は長い洗い髪に薄化粧の艶めいた年増に化けている。

「本物の蔵之進はここへ焼香に来るだろうし、俺が素顔になっちゃ、あんたと一緒の顔だ。その上厨にはあのお殿様だって居る。幾ら何でもあんたが三人もいちゃ、まずいだろ？厨のお殿様はほっかむりだけの芸無しだが、俺はこの通り——」

疾風小僧翔太はぱちぱちと切れ長の大きな目を色っぽく瞬かせて見せた。

「今さっき、矢萩藩の江戸家老佐藤生之丞が焼香していた。なにゆえ、奴がいるのか？」

「町奉行の通夜には寺社奉行自らがお出ましになることはないからだろう。いかんせん、寺社は大名、町奉行は旗本の役目だからな。それをいいことに、この場限りとはいえ、寺社奉行の使者を務めてるんだ」

「今の寺社奉行様は？」

「言うまでもなく、寺社の特権を生かしての闇深い商いに精を出しているさ。最も若くして老中になった先の寺社奉行、青山左衛門尉輝昭の引きで寺社奉行になれたんだ。言うことを聞くしかないな」

「なるほど」

「寺社奉行では飽き足らなかった青山左衛門尉輝昭はさらなる画策で老中になるという野望を叶えたものの、自分の藩はただでさえ火の車だったのが、今では借金まみれだ。持ち回りの幕府の役付きに割り込むには金がうんと要るからな。そして、見栄っぱりのこういう奴らは知らず知らずかなり性質の悪い盗っ人になるものなのさ。大名だからって盗っ人にならないとは限らねえ。出入り商人の蔵を襲って皆殺しにした挙げ句、これを隠して他の商人に罪を着せたりして、さらなる罪を重ねるんだ。俺はそんな殿様の例も幾つか見てきてる」

「なるほど」

さらに季蔵は頷き、

「わたしは言われた通りに動いてここまできた。次はどうすればいい？」

相手に訊いた。

「ここには外へ通じる引き戸もある。そこを待ち構えている相手がいるんだ。あんたももちろん見張られてるんだよ」

「わかった」

季蔵は疾風小僧翔太が引いた左手の壁から廊下へと進み屋敷の外へ出た。

背後に気配を感じたが、

──まあ、これでいいのだろう──

振り返らずに歩を進めた。すぐに池が見えてきた。

「さあ、乗った、乗った」

岸につけられている小舟に二人は乗り込んだ。

「あんたは漕いでくれ、氷は俺が割る」

二人はそれほどでもない厚さの氷を割って進む。中ほどまで来たところで、疾風小僧翔太は杭(くい)から垂れている鉄製の鎖を引き始めた。季蔵も手伝う。

「重いだろう？　本物の千両箱だからな。中身はあったが大きな箱を造らせるのに手間取った。それと千両箱が乗っても沈まないこの舟も——。千両はたしかに重いよな」

「相変わらずの凝り性だ」

「やると決めたからにはとことんやるのが俺の流儀だ」

ふと季蔵が畔(ほとり)を見遣(みや)ると、二人を尾行てきたのだろう、佐藤生之丞が腕組みをして笑っている。

「ご苦労、ご苦労」

二人に向けて手を振った。

「あのようなところに隠していたとは——」

生之丞の隣りで須賀が眉を引き攣らせている。

そこへ棺桶担ぎが現れた。

地べたに棺桶が置かれると、中から満面の笑みを浮かべつつ、目だけは笑っていない烏谷が、

「やれやれ、探し方が手ぬるいのう」

出てきてすたすたと歩いて須賀の前に立った。

「ああああ、おおおお奉行様」

須賀がその場に崩れ落ちかけると、

「おのれ、謀ったな」

佐藤生之丞が刀を抜いた。

「謀り、謀られるは世の常ではないか」

烏谷はわはははと大声で笑った。

「それに町奉行風情(ふぜい)のへそくりを狙うとはあまりに情けない」

「ほざくな、死に損ないの大入道」

生之丞が向かって来ようとしたその時であった。手拭いでほっかむりをしたままの栄二郎がすいと間に入った。

「刀を家臣に向けるのはこれが最後にしたいと思っている」

「なにおぅっ」

栄二郎めがけて振り下ろされた刀が大きく跳ねて飛ぶのと、首筋から血を噴き上げて生之丞が倒れたのとはほとんど同時であった。

見ていた須賀はとうとう尻餅(しりもち)をついた。

「長年仕えてくれた情けじゃ、自分で始末せい」

烏谷は須賀に自害を仄めかした。だが立ち上がった当人は、

「死、死ぬのはい、いやでご、ございます」

抜いた刀を烏谷に向けて迫った。

「お奉行のええ格好しいには困ったもんだが、あいにく俺は殺しはしねえんでね」

小舟は岸に近づいていた。疾風小僧翔太は案じ、季蔵は懐に呑んでいた匕首をさっと投げた。その匕首は須賀の心の臓に深々と突き刺さった。須賀はうっと呻いた後息が止まったまま倒れた。

この後、鉢巻きを巻いて裾をからげ、突棒、刺股を手にした五十人近い捕り方が、走り出てきた。

「もう終わった」

烏谷は短く指示して捕り方を下がらせた。

――たしかに終わったな――

季蔵一人の舟は頼りないほど軽かった。小舟に疾風小僧翔太の姿も千両箱も見当たらなかった。

〝箱ばかり重くて中味は軽かったが、面白かったからよしとするぜ。あばよ〟

どこからか、しかし、はっきりと疾風小僧翔太の声が聞こえてきていた。

矢萩藩江戸家老佐藤生之丞と烏谷椋十郎内与力須賀主水は、心の臓の発作による死と届けられた。

黒幕だった老中青山左衛門尉輝昭はその職を解かれ隠居の身となった。側室の腹に生まれ、幼い時に寺に預けられたことのある輝昭は読経にも秀でていて、何食わぬ顔で烏谷の通夜の経を読み、千両箱を奪った報せを待っていた。

ところが、これが不首尾に終わったとわかると、即座に逃げだし知らぬ存ぜぬを通そうとした。しかし、僧侶の形で被り物をしていたとはいえ、その顔は会ったことのある烏谷がしっかりと覚えていた。老中首座を狙う青山左衛門尉輝昭は賄賂に使う金に窮していたこともあり、大御所が将軍だった頃から続いている重職たちの勢力を削ぎ、高級肉の専売に象徴される寺社の特権を知って我が物とするために松葉屋に集めて惨殺した際、松葉屋の座敷に落としていった印籠は、無念の寂光の口の中から季蔵が取りだして動かぬ証とすることが出来た。

矢萩藩江戸屋敷より届けられた一式で身形を調えた栄二郎は、

「青山左衛門尉輝昭が隠居の身となり何より安堵いたしました。青山左衛門尉が国替えする前の藩は永山藩三十万石の大藩で、隣の枝幸藩の支藩の矢萩藩二万石の内証を江戸家老の佐藤生之丞を通して熟知していたからです。首魁が青山左衛門尉輝昭であったと知らされて、なるほどと思いました。四方八方料理大全を含めて、どれだけわたしたちが佐藤生之丞の糸を引く、正体のわからない黒幕を怖れてきたことか――。まさか老中の職にあるお方がそのようなことをなさるとは、とても思えなかったのです。佐藤生之丞の成敗では勝手をいたしました。青山に操られ、金に目が眩んだとはいえ、藩主の兄上や御生母様を苦しめた生之丞だけは何としても許し難く、わたくしの手で成敗すると兄上の今際の際に約束したのです。これで兄上の墓参の際に話すことができます」

晴れ晴れとした表情で四方八方料理大全の指南役にして藩主への道を歩み出して行った。

死にかけて生き返った棺桶帰り奉行として烏谷は連日瓦版を飾っている。広間での通夜で烏谷はたしかに骸で寝ていた、どうやって生き返ったのかと訊かれると、

「これぞ人の生死の面白さよな」

惚(とぼ)けた烏谷は、

「疾風の奴が替え玉を準備してくれたのよ。人はこの世に何人か、自分にそっくりな奴がいるゆえな。そちにそっくりの疾風はこれも稼業に使えると踏んだようだ。この替え玉、似ているだけではなく、ある種の南蛮渡来の薬で一時息を止めていた。高くついたぞ。あやつ、千両箱の中身の幾らかは置いて行ってくれるかと期待したが、呼び寄せて頼んだのはわしだということで、勘定を寄越した。かなわぬ、かなわぬ。日々、いろいろ訊かれるのもそろそろ飽きてきた。こんなに人がやってくるばかりでは、筍(たけのこ)や長次郎(ちょうじろう)との思い出もある、納豆作りが上手い安徳(あんとく)の光徳寺(こうとくじ)に預けてあるお涼や瑠璃が帰ってきて、暢気(のんき)に時を過ごすことができぬではないか。季蔵、そちもそうであろう？」

季蔵を相手に愚痴った。

——訊いても応えぬだろうが、生まれてからずっと鷲尾家の屋敷内とその近くに出掛けたことがあるだけで、病んでからはお涼さんのところからめったに外出していない瑠璃が、どうして、市中の様子をあのように細かに覚えていたのだろう？　わたしが危うくなるたびに瑠璃は人智を超えた力を発揮してくれる。身体に応えぬといいのだが——

季蔵もまた瑠璃が恋しかった。

瑠璃が市中の様子を拵えて、嘉月屋嘉助が写して、大成させた大江戸大雪菓子は諫早屋七右衛門亡き後、公正に行われた大江戸大雪菓子競べで勝ち抜いた。青山に利用されるだけ利用されて殺されてしまった諫早屋では、親戚筋から婿を取り商いを続けている。

まだまだ寒さは続いているものの、多少は陽の光が強く明るくなったと感じられたある日、季蔵の元に烏賊の味噌漬けが十枚届いた。届け主は父の名で堀田季成とあり、これは弟の手跡だったが、包んだ紙の上に貼られている薄萌黄色の紙には、〝季之助漬け〟と蚯蚓の這ったような手跡で書かれていた。

――今の父上の手跡なのだ、心なのだ――

達筆で知られていた父親の手跡とは思えない、幼げなその文字が途方もなく温かいと季蔵は胸が熱くなった。

春が待たれる。

〈参考文献〉

『大江戸料理帖』　福田浩　松藤庄平著　（新潮社）
『料理物語』　作者不詳　平野雅章訳　（教育社）
『家庭で楽しむ韓国薬膳料理』　新開ミヤ子著　薬日本堂監修　（河出書房新社）
「キノコ（きのこ）」『日本大百科全書（ニッポニカ）』　（小学館）
『お菓子とフランス料理の革命児』　千葉好男（フレデリック・チバ）著　（鳳書院）

本書は、時代小説文庫（ハルキ文庫）の書き下ろし作品です。

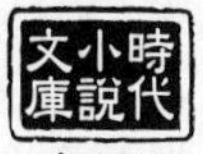

わ 1-51

珍味脅し（ちんみおどし） 料理人季蔵捕物控（りょうりにんとしぞうとりものひかえ）

著者　和田はつ子（わだはつこ）

2020年1月18日第一刷発行

発行者　角川春樹

発行所　株式会社 角川春樹事務所
〒102-0074 東京都千代田区九段南2-1-30 イタリア文化会館

電話　03(3263)5247[編集]　03(3263)5881[営業]

印刷・製本　中央精版印刷株式会社

フォーマット・デザイン＆シンボルマーク　芦澤泰偉

本書の無断複製(コピー、スキャン、デジタル化等)並びに無断複製物の譲渡及び配信は、著作権法上での例外を除き禁じられています。

また、本書を代行業者等の第三者に依頼して複製する行為は、たとえ個人や家庭内の利用であっても一切認められておりません。

定価はカバーに表示してあります。落丁・乱丁はお取り替えいたします。


ISBN978-4-7584-4318-0 C0193 ©2020 Hatsuko Wada Printed in Japan

http://www.kadokawaharuki.co.jp/[営業]
fanmail@kadokawaharuki.co.jp[編集]　ご意見・ご感想をお寄せください。

和田はつ子

雛の鮨 料理人季蔵捕物控

書き下ろし

日本橋にある料理屋「塩梅屋」の使用人・季蔵が、手に持つ刀を包丁に替えてから五年が過ぎた。料理人としての腕も上がってきたそんなある日、主人の長次郎が大川端に浮かんだ。奉行所は自殺ですまそうとするが、それに納得しない季蔵と長次郎の娘・おき玖は、下手人を上げる決意をするが……(「雛の鮨」)。主人の秘密が明らかにされる表題作他、江戸の四季を舞台に季蔵がさまざまな事件に立ち向かう全四篇。粋でいなせな捕物帖シリーズ、第一弾!

和田はつ子

悲桜餅 料理人季蔵捕物控

義理と人情が息づく日本橋・塩梅屋の二代目季蔵は、元武士だが、いまや料理の腕も上達し、季節ごとに、常連客たちの舌を楽しませている。が、そんな季蔵には大きな悩みがあった。命の恩人である先代の裏稼業〝隠れ者〟の仕事を正式に継ぐべきかどうか、だ。だがそんな折、季蔵の元許嫁・瑠璃が養生先で命を狙われる……。料理人季蔵が、様々な事件に立ち向かう、書き下ろしシリーズ第二弾!

時代小説文庫

和田はつ子
あおば鰹（がつお）　料理人季蔵捕物控

書き下ろし

初鰹（はつがつお）で賑わっている日本橋・塩梅屋に、頭巾を被った上品な老爺がやってきた。先代に〝医者殺し〟（鰹のあら炊き）を食べさせてもらったと言う。常連さんとも顔馴染みになったある日、老爺が首を絞められて殺された。犯人は捕まったが、どうやら裏で糸をひいている者がいるらしい。季蔵は、先代から継いだ裏稼業〝隠れ者〟としての務めを果たそうとするが……（「あおば鰹」）。義理と人情の捕物帖シリーズ第三弾、ますます絶好調。

和田はつ子
お宝食積（くいつみ）　料理人季蔵捕物控

書き下ろし

日本橋にある一膳飯屋〝塩梅屋〟では、季蔵とおき玖が、お正月の飾り物である食積の準備に余念がなかった。食積は、あられの他、海の幸山の幸に、柏や裏白の葉を添えるのだ。そんなある日、季蔵を兄と慕う豪助から「近所に住む船宿の主人を殺した犯人を捕まえたい」と相談される。一方、塩梅屋の食積に添えた裏白の葉の間に、ご禁制の貝玉（真珠）が見つかった。一体誰が何の目的で、隠したのか!?　義理と人情の人気捕物帖シリーズ、第四弾。

和田はつ子
旅うなぎ
料理人季蔵捕物控

書き下ろし

日本橋にある一膳飯屋〝塩梅屋〟で毎年恒例の〝筍尽くし〟料理が始まった日、見知らぬ浪人者がふらりと店に入ってきた。病妻のためにと〝筍の田楽〟を土産にいそいそと帰っていったが、次の日、怖い顔をして再びやってきた。浪人の態度に、季蔵たちは不審なものを感じるが……（第一話「想い筍」）。他に「早水無月」「鯛供養」「旅うなぎ」全四話を収録。美味しい料理に義理と人情が息づく大人気捕物帖シリーズ、第五弾。

和田はつ子
時そば
料理人季蔵捕物控

日本橋塩梅屋に、元噺家で、今は廻船問屋の主・長崎屋五平が頼み事を携えてやって来た。これから毎月行う噺の会で、噺に出てくる食べ物で料理を作ってほしいという。季蔵は、快く引き受けた。その数日後、日本橋橘町の呉服屋の綺麗なお嬢さんが季蔵を訪ねてやって来た。近々祝言を挙げる予定の和泉屋さんに、不吉な予兆があるという……（第一話「目黒のさんま」）。他に、「まんじゅう怖い」「蛸芝居」「時そば」の全四話を収録。美味しい料理と噺に、義理と人情が息づく人気捕物帖シリーズ、第六弾。ますます快調！

和田はつ子の本

ゆめ姫事件帖

将軍家の末娘“ゆめ姫”は、このところ一橋慶斉様への輿入れを周りから急かされていた。が、彼女には、その前に「慶斉様のわらわへの嘘偽りのないお気持ちと、生母上様の死の因だけは、どうしても突き止めたい」という強い気持ちがあったのだ……。市井に飛び出した美しき姫が、不思議な力で、難事件を次々と解決しながら成長していく姿を描く、傑作時代小説。「余々姫夢見帖」シリーズを全面改稿。装いも新たに、待望の刊行。

時代小説文庫

和田はつ子の本

青子の宝石事件簿

青山骨董通りに静かに佇む「相田宝飾店」の跡とり娘・青子(おうこ)。彼女には、子どもの頃から「宝石」を見分ける天性の眼力が備わっていた……。ピンクダイヤモンド、パープルサファイア、パライバトルマリン、ブラックオパール……宝石を巡る深い謎や、周りで起きる様々な事件に、青子は宝石細工人の祖父やジュエリー経営コンサルタントの小野瀬、幼なじみの新太とともに挑む！　宝石の永遠の輝きが人々の心を癒す、大注目の傑作探偵小説。

ハルキ文庫